FLUCTUAT
NEC
MERGITUR

Stig Claesson

Efter oss syndafloden

Albert Bonniers Förlag

www.bonnierpocket.se

ISBN 10: 91-0-010045-5
ISBN 13: 978-91-0-010045-2

Formgivning Jan Biberg
Illustrerad med teckningar av författaren
Första utgåva 2002
Bonnier Pocket 2003
Andra tryckningen
Printed in Denmark
Nørhaven Paperback A/S
Viborg 2008

Give me five minutes more,
give me five minutes more!
If you can't give me five, give me four!

I

HOTEL
RASSERIE
NOTRE DAME
CAFÉ

Vem heter inte César Vallejo eller nåt annat och har en gång ägt en blå kostym och suttit på ett café i Paris och fyllt tjugosex år och trott sig kunna tänka samma tanke under den tid som en enda nolla förblir värdelös. Det är naturligtvis omöjligt, men hur ska man veta det.

Det kan förresten göra detsamma.

Heter man inte César Vallejo heter man nåt annat. Jag heter nåt annat och förmodligen har jag ägt en blå kostym, men jag fyllde inte tjugosex år i Paris. Det skulle jag kommit ihåg, ty det skulle ha varit samma dag som fransmännen förlorade slaget om Diên-Biên-Phu och därmed det långa Vietnamkriget. Man märkte annars inte mycket av det kriget just i Paris, men den dag då nederlaget var ett faktum skulle man kommit ihåg.

Jag fyllde tjugoåtta år och det var maj och det småregnade och jag satt på ett café i hörnan av rue de Nesle och rue Dauphine. Nu pågick ett annat krig som verkligen märktes och det var Algerietkriget, som var inne på sitt fjärde år. Om man nu hade lust att lägga märke till den franska polisens behandling av Parisalgerierna vilket man knappast kunde undgå. Polisen var inte särskilt vänlig mot oss andra utlänningar heller, vi som mer eller mindre höll ihop och i stort sett bara rörde oss kring Odéon. Det vimlade naturligtvis av utlänningar i Paris som det alltid gör och har gjort, men med oss andra utlänningar menar jag ett litet gäng skandinaver och amerikaner och engelsmän som valt samma stamcaféer och som ansåg sig vara vänner eller mer än vänner i den bit av Paris sjätte arrondissement vi kallade kvarteret. Vi var alla unga och mer eller mindre begåvade och vi var vackra. Men polisen höll ett öga på oss. Vi bodde alla på små billiga hotell på tvärgatorna i kvarteret men åtminstone var tredje natt väcktes vi av civilklädda poliser som skulle granska våra pass. De kontrollerade oss även på gatorna för att se om våra uppehållstillstånd var i ordning. Vi fick bara vara i Frankrike tre månader i taget, de av oss som inte hade fast arbete eller helt enkelt inte hade där att göra.

Det vore dumt att påstå att polisen trakasserade oss. Den peruanske poeten César Vallejo påstår i en dikt, det finns tyvärr inte många översatta till svenska, att parisarna slog ihjäl honom fast han inte gjort dem nånting men ändå var de framme och slog honom med en hård käpp och också med rep. Det kallar jag att bli trakasserad. Som bevis på att han på detta sätt misshandlas tar han torsdagarna som vittnen. Jag har grubblat lite över hur man kallar in torsdagar att vittna inför domstol och hur man får dem att tala.

Det är inte mycket att grubbla på och det är inte därför jag nämner namnet César Vallejo. Det är bara för att han skrivit den mening jag startade med: Vem heter inte César Vallejo eller nåt annat.

På min födelsedag satt jag i baren jag talade om som låg i hörnan av den korta gränden rue de Nesle. Baren hette Bar Nesle och jag väntade på Beata. Baren var i två våningar och ägdes av en spansk gentleman och där hade jag till och med kredit. Jag bodde då på Hôtel Nesle fyrtio steg in mot gränden och där bodde också Beata.

Beata hade aldrig kunnat säga en sån mening som vem heter inte

Beata eller nåt annat. Hette hon nåt annat visste vi inte om det. En svensk som hette Gunnar och jag hade händelsevis träffat på henne och hon sa antagligen vad hon hette men vi döpte henne omedelbart till Beata för hon såg ut som om hon hette just det. Och det fick hon sen heta i hela kvarteret.

Beata var kort mörkhårig och lite rund och hade mörka bruna ögon, sådana som mostrar som heter Beata brukar ha. Hon var dansk sjuksköterska och tillhörde den tjugo kvinnor starka danska sjuksköterskekolonin som jobbade på Amerikanska sjukhuset. De var unga söta flickor och Beata var den äldsta av dem. Trettio år så där. Hon jobbade inte på själva sjukhuset men hon såg till att patienter, till exempel nån gammal dam från New York eller Chicago, kom hem som de skulle. Hon skötte dem under hemfärden. Sen återvände hon till Paris med vändande plan. Hon var aldrig borta länge.

Vi bodde som sagt på Hôtel Nesle, Beata två trappor upp i ett rum med tapeter med stora röda blommor vilket passade henne, jag fem trappor upp i ett vitkalkat rum som passade mig. Toaletterna låg i farstun och dusch fanns det inte ens i källaren, men det var ett trivsamt hotell och billigt.

Eftersom Diên-Biên-Phu föll i maj femtiofyra kan vi nu med lätthet räkna ut att det är maj nittonhundrafemtiosex. Och det duggregnar. Ett passande vårregn att fylla år i.

Trots att jag blivit tjugoåtta år trodde jag nog att jag skulle kunna tänka samma tanke under den tid som en enda nolla förblir värdelös. Utan alltså att förstå att det är omöjligt.

Jag drack öl och rökte en Caporal och lyssnade på Mouloudji som sjöng Les deserteurs ur jukeboxen som barägaren Federico laddat med småmynt på just denna sång. Den var egentligen förbjuden och dessutom var Mouloudji algerier.

Jag var en prydnad där jag satt i min mörkblå kostym. Jag var solbränd, just återkommen från ett ganska hårt utomhusarbete i Italien, och mitt blonda hår var solblekt och mina ögon var blå som det joniska hav jag stirrat ut över sen i mitten av januari.

Beata dröjde, eller jag var kanske bara otålig. Men jag var lite ängslig för Beatas hälsa. Hon kunde då och då drabbas av nånting som liknade migrän, men det var inte migrän. Hon var från Odense och hennes far hade tyskarna skjutit och när hon såg att man slängde upp hennes fars döda kropp på ett lastbilsflak hade hon försökt protestera men fått sig ett slag i huvudet av en gevärskolv. Hon var då sexton år. Hon hade berättat det i samband med att jag berättat något jag ofrivilligt blivit vittne till i grekiska inbördeskriget. Vilket inte hör hit annat än på så sätt att krig och krigshandlingar är ett ganska gångbart ämne i ett krigförande land. Och Frankrike låg i krig.

De flesta amerikaner var veteraner från Koreakriget, några till och med från andra världskriget. Det var nu ingenting vi pratade så mycket om, vi ägnade all tid åt att vara unga och vackra och totalt otyngda av framtiden. Det var en för alla och alla för en och det hade bara blivit så. Det hade inte gått annars att leva som vi gjorde från dag till dag. De av oss med fasta inkomster, som nu Beata, var naturligtvis betydelsefulla i krissituationer men inte i så hög grad som man kunde tro.

Jag påstod att vi var unga, mer eller mindre begåvade och övertygade om att vi skulle gå en strålande framtid till mötes. Men det var vi inte. Vi hade alla, trots vår relativa ungdom, ett brokigt och ofta hårt förflutet och det märktes på oss. Vi ingav respekt och vi kände igen varann på samma sätt som det krävs en tjyv för att känna igen en annan tjyv. Det är ju så man säger. Vi respekterade varann och vi blev respekterade åtminstone på de caféer vi höll till på. Jag tror det. I annat fall måste vi ha hållit till på caféer där vi accepterades för att vi tappert hällde i oss deras öl och deras billigaste och sämsta calvados.

Jag sitter alltså på Bar Nesle och det är söndag och klockan är ännu inte tio på morgonen, det är mitten av maj och det vårregnar. Jag stirrar på min öl, lyssnar på Mouloudji och röker då och då en cigarett ur mitt coleinblå Gauloisespaket. Jag väntar på Beata, som inte heter Beata och inte nåt annat heller, och jag vet att hon kommer att vara iklädd en svart dräkt och att hon har blekt sina äppelröda kinder med lite för mycket puder som skulle hon in på en scen. Jag hoppas bara att hon märker att man just målat vår hotelldörr i mörkt grönt och att färgen inte är torr än, annars fläckar hon ner sin dräkt som hon är så rädd om.

Jag ser allvarlig ut där jag sitter. Där vid det joniska hav där jag jobbat råkade jag ut för en olycka. Jag körde en kärra cement som var för tungt lastad ner i den grop jag skulle hälla cementen i och föll ner i gropen och fick kärran över mig. Ingenting farligt hände men en av mina framtänder slogs av. Senare hos en tandläkare i en stad som hette Rocella drogs det som var kvar av tanden ut. Det sa tandläkaren var nödvändigt. På min fråga när jag skulle kunna låta sätta i en stifttand sa han att det skulle jag inte kunna göra på minst ett halvår. Det sår jag hade måste läkas. Av ren fåfänga ser jag alltså allvarlig ut. En utslagen framtand är naturligtvis en bagatell men knappast för någon som älskar sig själv så mycket som jag gjorde då.

Jag tyckte om mig själv vilket jag tror är en förutsättning för att man ska tycka om andra. Det visade sig också att jag saknade min framtand mer än nån annan gjorde. Med undantag kanske för Diana Thompson som faktiskt erbjöd sig att betala en ny framtand åt mig. Men det är senare.

Som jag i dag ser det förlorade jag min framtand två gånger och båda gångerna var det mitt eget fel.

Jag sitter alltså på Bar Nesle och fyller tjugoåtta år. Vad jag egentligen har att göra i Paris är att fortsätta mina konststudier. Jag har gått ut Konstakademien i Stockholm och hört att man bör åka till Paris och gå på André Lhotes målarskola och det kanske var anledningen till att jag for hit, men väl i Paris har jag helt glömt bort att jag någonsin hört talas om André Lhote, och det med flit. Jag anser att antingen är man konstnär eller så är man inte konstnär, men för att inte göra detta dilemma till mitt kallar jag mig helt fräckt för författare om någon frågar. Med viss rätt. Jag har skrivit en bok som jag har skickat till ett förlag hösten innan och jag skriver och illustrerar småartiklar jag då och då kan sälja till nån redaktör jag känner i Stockholm. Men att få pengar är alltid krångligt. Valutakontoret i Sverige ska godkänna att pengar skickas utomlands av skäl jag nu glömt.

Det är mycket jag glömt men jag är tillräckligt förföljd av minnen ändå. Förföljd är här för en gångs skull ett alldeles utmärkt ord.

Eftersom Beata dröjde gick jag för att titta efter henne på hotellet och varna henne för den nymålade dörren. Men hon stod redan utanför hotellporten och såg på när målaren använde den färg han fått över till att med stora bokstäver skriva Libérez Duclos på väggen.

Hon visste också att berätta att Jacques Duclos var en framstående kommunist och att han nu satt inne för att han protesterat mot kriget i Algeriet.

Beata talade en utmärkt franska. Det kan man inte säga att jag gjorde. Jag visste ändå vem Duclos var men inte att han satt fängslad. Hotellpatron tittade på han också och det verkade vara hans idé att målaren skulle måla dit Libérez Duclos.

Det där var ingenting Beata och jag lade oss i men vi antog att vi kanske nu skulle få lite tätare polisbesök så där vid fyratiden på morgnarna, då de var som piggast och vi som tröttast.

Sen gick jag tillbaka till min öl och frågade artigt vad jag fick bjuda på och hon sa på sin ljuvliga danska att en öl var en ganska bra start på en regnig söndag. En öl och en cigarett men sen kanske en calvados, det var ju min födelsedag.

Jag tittade på Beata. Hon hade lagt ner tid framför spegeln. Håret var välkammat och sprejat och hon hade med omsorg svärtat ögonfransarna och som jag befarat pudrat sig kraftigt som om hon protesterade mot sina friska runda kinder. Hon hade en vit blus knäppt i halsen med en brosch och sin svarta dräkt och hon hade försiktigt målat läpparna lite skära. Med sina stora bruna ögon såg hon faktiskt ut som min moster Beata när hon klätt upp sig för att nån söndagsmorgon cykla till kyrkan. Det hade inte förvånat mig ett ögonblick om Beata bett mig pumpa hennes cykel.

Det är söndagsmorgon, sa jag. Nu dricker vi öl och sen dricker vi var sitt glas calvados. Men sen. Du och jag är dom enda vakna i hela kvarteret och det här är den enda bar i närheten som är öppen av dom vi går på. Vad jag vet.

Beata tänkte efter. Sen sa hon: Vi kan väl bli lite fulla och sen lägger vi oss och sover i mitt blommiga rum, vi tar siesta, och när vi vaknar ska jag bjuda på middag. Jag behöver sällskap. Men framför allt tror jag du behöver sällskap.

Jag vet inte det, sa jag. Det är i alla fall ingenting jag vill tala om. Men låt oss supa till lite och sen går vi hem till dig och sover så gott vi kan till dess Paris orkar vakna. Siesta i all ärbarhet. Söndagen får bli vårt vittne.

När Beata beställde öl och calvados såg Federico så förvånad ut att Beata talade om för honom att jag fyllde år. Då sa Federico att i så fall blir det inte tal om vare sig öl eller calvados. Han dukade i stället fram lite bröd, några goda ostar och en flaska spanskt rödvin och så satte han sig ner vid vårt bord.

Se det blev en riktig födelsedagsfest. När den första rödvinsflaskan var slut hämtade han en ny.

Federico fick för sig att han skulle säga något och han reste sig och höjde sitt glas och sa på spanska: Kärlek till döden och förakt för döden.

Sedan Federico yttrat denna mening fanns det inte mycket att tillägga. Festen var slut.

Jag var nu tjugoåtta år.

Beata och jag somnade sen med kläderna på i hennes stora säng iakttagna endast av hennes storblommiga vallmotapeter och söndagstimmarna.

Medan vi sov upphörde regnet.

II

Jag vaknade före Beata och satte stillsamt fötterna i skorna och lämnade hennes rum. Beata fick sova, hon skulle i alla fall hitta mig för hon skulle förstå att jag bara gått tillbaka till Bar Nesle. Hon skulle liksom jag känna av vår morgontidiga födelsedagsfest och som jag försöka göra något åt det.

Det finns ett ordspråk som säger att man ska äta ett hår av den hund som bet en och inne på Bar Nesle beställde jag ett selterglas Campari utan soda och utan is. Det hällde jag i mig stående vid zinkdisken.

Jag var inte på särskilt gott humör. Beata hade sagt att hon behövde sällskap men framför allt hade hon påstått att jag behövde det och det var inte sant. Det var bara vad hon trodde och det var antagligen vad alla andra också trodde för alla visste att min vackra fräkniga Mary hade stuckit med en av amerikanerna.

Mary var uppseendeväckande vacker. Fräknig som sagt och lätt rödhårig och såg ut som en irländska men hon var från Sydney. Vi hade hållit ihop länge och vi betraktades som ett par. Om vi själva betraktade oss som ett par kan jag inte svara på och tänker inte heller gå in på det. En sak är dock säker och det är att hon var uppseendeväckande vacker och att den amerikan hon stuckit nånstans med var uppseendeväckande ful och dessutom elak.

Skönheten och odjuret hade äntligen funnit varann.

Nu skulle jag alltså enligt Beata behöva sällskap och tröst. Men saken var den att det enda jag kände förutom en smula förvåning var en total och befriande lättnad. En inre glädje jag varken förr eller senare upplevt, men så varade den heller inte så länge.

Federico fyllde på mitt glas och sa ungefär följande: Du är konstnär efter vad jag förstått och förstår dig på färger. Du ser trappräcket upp till matsalen. Vad tror du om att måla det mörkblått.

Det blir nog bra, sa jag.

Han som målade eran hotellport var inne här och tog sig ett glas och av honom fick jag köpa en burk snabbtorkande lackfärg. Just mörkblå. Hur lång tid skulle du behöva för att måla trappräcket.

En timme ungefär, sa jag. Om det ska göras lite noggrant.

Bra, sa Federico. Då gör du det.

Federico hämtade en halvliterburk lackfärg och en pensel samt lånade mig ett förkläde.

Sätt igång, sa han.

Att måla räcket till en smal två meter hög spiraltrappa är inte svårt. Det är faktiskt ett behagligt arbete. Jag målade först trappräcket en gång och tog sen en ölpaus medan färgen torkade. Det var en ny sorts lackfärg som torkade på en kvart och dessutom var droppfri. Sen målade jag räcket en gång till och faktum är att det blå räcket riktigt lyste upp lokalen. Det borde varit några andra gäster i baren som kunnat beundra mitt arbete men det kom inga så Federico och jag fick själva beundra resultatet.

Jag trodde aldrig du skulle göra det, sa Federico.

Varför inte det, sa jag.

Jag vet inte, sa Federico. Jag trodde det bara inte.

Jag kunde ha sagt Federico att jag av ren egoism eller självbevarelsedrift hade målat om hela lokalen om han bett mig göra det. Jag var tvungen att ha ett ställe i närheten av hotellet där jag hade garanterad kredit.

Färglukten gjorde att det inte var särskilt gott att röka så jag ställde mig ute i gränden, inte just för att cigaretten skulle smaka bättre utan mer för att möta Beata.

Och hon kom och det första jag sa till henne var att när hon nu skulle hälla i sig nånting inne på Bar Nesle så skulle hon innan hon beställde säga några väl valda ord om det nymålade trappräcket.

Men så enkelt ansåg hon inte att det fick gå till. Vi gick in på baren till den öl jag hade stående och Beata satte sig och beställde kaffe och ett glas konjak och först när hon lyfte konjaksglaset låtsades hon få syn på det nymålade räcket och i de mest slingriga franska ordvändningar hon kunde komma på prisade hon nu Federico för hans goda smak och framför allt hans yrkeskunnande som målare av just trappräcken.

Federico såg allt stoltare ut. Dels var han stolt över att jag tydligen inte sagt att det var jag som hållit i målarpenseln och dels över att Beata på ett så strålande sätt prisade hans goda smak.

När vi sen gick skakade han hand med oss och försäkrade oss precis det vi ville höra och det var att vi hade ständig kredit så länge han bestämde över sin bar.

Han öppnade dörren åt oss och sa: Det finns inget värre än att vara törstig och utan pengar, det skulle möjligen vara att vara blind i Granada.

Beata och jag gick några steg upp mot Odéon men sen vek vi spontant in till vänster och gick rue Christina mot place Saint-Michel. Vi visste båda att ingenting hände runt Odéon så länge det var söndag. Inte för att vi trodde det skulle hända nåt särskilt vid place Saint-Michel heller men där skulle vara lite folk i alla fall. Det fanns då en bar vid namn Tabac Saint-Michel vi brukade gå på och där fanns chansen att vi skulle träffa på nån vi kände. Med händelser menades alltså att man träffade nån man kände eller lärde känna.

Egentligen, sa jag till Beata, skulle vi en sån här vacker eftermiddag gå över på Île Saint-Louis och möta våren på rue Saint-Louis-en-l'Île. Det har jag läst nånstans.

Jo, men det kan vi göra, sa Beata.

Först ska vi ha oss en öl på Tabac Saint-Michel, sa jag. Där ska vi diskutera möjligheten av att möta våren där det sägs man ska möta den men antagligen med samma resultat som när vi en gång diskuterade om vi skulle åka upp i Eiffeltornet. Det blir inte av.

Jodå, sa Beata. Nån gång.

Det var så pass varmt i luften att uteserveringen vid den Tabac vi valt var fullsatt så vi satte oss inne i ett hörn och beställde så småningom varsitt glas öl. Vi skulle ta det lite lugnt. Beata skulle ju bjuda på middag. Det var ett par timmar till middagsdags och ingen av oss hade någon större lust att gå ut och gå.

Mary har rest, sa hon plötsligt.

Jag vet det, sa jag. Mary kom själv tidigt i morse och talade om det för mig. Hon talade om att hon skulle resa, menar jag, med honom den där jävla Bob. Och vet du vad hon mer gjorde. Hon betalade det jag var skyldig på hotellet.

Hon kanske skämdes, sa Beata.

Varför skulle hon skämmas, sa jag. Hon är ju kär i killen hur dum än du och jag tycker att han är. Och det var ingen plötsligt påkommen kärlek. Mary skrev till mig redan i Italien att hon hade ett förhållande med nån annan, men att nån annan var Bob av alla jävlar kunde jag knappast tänka mig.

Jag erkänner att jag är förvånad, men lessen är jag ta mig fan inte. Jag är av en anledning jag inte förstår totalt likgiltig.

Dessutom är ingen av oss i kvarteret särskilt noga med vem vi sover med. Vi är unga och vi är i Paris och vi är ett bra gäng i ett bra kvarter. Att vi sover med varann lite hur som helst beror helt enkelt på att Paris är Paris.

Om någon varit trogen är det Mary. Jag har kanske inte varit det och det passar mig bra att inte ha någon att vara trogen mot.

Du vet inte vad riktig kärlek är, sa Beata.

Det är möjligt, sa jag. Men jag har en bestämd känsla av att jag vet vad det inte är. Jag vet vad det är, tror jag, om man jämför med vad vänskap är eller jämför med ren erotik, de är ju syskon.

Kvinnor jag känner vänskap med har jag mestadels ingen erotisk dragning till, däremot kan jag känna en oerhört stark erotisk dragning till kvinnor som helt enkelt ser ut som kvinnor på det där obegripligt gåtfulla sättet som en del stora konstnärer försöker skildra, och det är i deras misslyckande att förmedla det dom känner som svaret finns. Om det nu är en fråga eller en gåta. Det är det icke fullkomliga i det som ser så fullkomligt ut som lockar.

Om du nu, Beata, säger att jag påstår detta för att jag saknar en framtand då kommer jag att surna till.

Du älskar dig själv, Beata, annars skulle du inte tycka så mycket om andra som jag vet du gör.

Jag hade velat säga att i den danska sjuksköterskekolonin var Beata inte den man först la märke till för hennes skönhets skull, men att hon ägde utstrålning. De danska sjuksköterskorna var överlag så pass vackra och välvuxna att de mer såg ut som om de skulle delta i en skönhetstävling, utom just Beata. Sa jag det skulle hon kunna missuppfatta vad jag menade. Av de sjuksköterskorna var det också bara Beata som riktigt räknades till låt oss säga kvarterets inre krets. Det berodde antagligen också på att hon var mest ledig.

Håll med om att du tycker om dig själv, Beata, sa jag samtidigt som jag kom på mig med att undra när hon skulle tala om vad hon verkligen hette.

Vi är vackra helt enkelt, sa jag. Och därmed basta. De skönhetsfel vi eventuellt ser hos oss själva är ingenting vi går i Seine för. Jag säger som Federico: Kärlek till döden, förakt för döden!

Det ska nog till en spanjor att säga en sån konstig mening. Men som tal till mig på födelsedagsfesten var talet utmärkt.

Han kunde ha sagt respekt för kärlek, förakt för kärlek, sa Beata sorgset.

Då hade han inte varit spanjor, sa jag. Fransman möjligen.

Min erfarenhet av franska kvinnor är inte stor, men den finns och den är inte behaglig. Men det finns nog alla sorter.

Jag vägrar helt att uttala mig om franska män, sa Beata.

Du slipper, sa jag. Vi bör inte sitta i Paris och tala illa om det folk vi gästar.

Jag skulle kunna säga så här, sa Beata. Fransmannen har respekt för kärlek när han sitter och ser en fransk film. Utanför biografen har han bara förakt. För kärleken alltså.

Den jag inte begriper mig på, sa jag.

Just det, sa Beata. Den du inte begriper dig på.

Vi hade under samtalet druckit ur våra öl och jag tror bestämt att vi hade beslutat ta en liten promenad då vi plötsligt fick sällskap. Ivan satte sig ner vid vårt bord och han såg att Beata och jag drack öl så han beställde öl åt oss och ett jätteglas vodka till sig själv.

Är du ensam, sa jag.

Ja, sa han, jag är ensam.

Ivan var ryss från Leningrad och en verkligt stilig man. Han läste kinesiska på Sorbonne och vi hade kommit att stå sida vid sida vid samma bardisk och börjat prata med varann. Våra östersjöblå ögon avslöjade att vi var nordiska män. Vi talade engelska med varann och hade genast tyckt om varann. Jag hade varit i Leningrad nästan en vecka och Ivan hade varit i Stockholm så vi började naturligtvis prisa vår lycka över att vara i Paris och slippa det jävla väder som rådde i städer på vår breddgrad. Det var enda gången fram till nu som jag träffat Ivan ensam. Han gick alltid tillsammans med två Moskvakillar som också läste på Sorbonne och också hette Ivan. Så det var alltid Ivan, Ivan och Ivan. Samt inte att förglömma deras väninna, också från Leningrad, som hette Elena. Hon var ryskt vacker, vilket inte vill säga lite, och totalt oåtkomlig.

Var har du dina kompisar, frågade jag honom.

Ivan hällde i sig vodkan utan att svara och beställde mer och började smått gråta.

Han berättade följande: Jag fick för en tid sen för mig att söka franskt medborgarskap. Varför kan jag inte riktigt förklara för jag är ryss så mycket man kan bli. Jag fyllde i några papper och för tio dar sen kallades jag till polisen. Det visade sig att jag nog lätt skulle kunna bli fransk medborgare, förutsatt att jag anmälde mig som soldat i Algerietkriget. Vilket jag naturligtvis vägrade göra.

Då började man smått förhöra mig om vad jag studerade på Sorbonne och var jag gjort min militärtjänst i Sovjet. Frågor man visste svaret på. Och sen naturligtvis varför jag ville bli fransk medborgare.

Jag sa att jag bara ville det för att jag älskade Frankrike, och då sa man att en man som älskade Frankrike som jag gjorde borde ställa upp och slå ner Algerietupproret. Och jag skulle inte slippa undan. Sen började man tortera mig och det höll man på med i fyra eller fem dagar. Men jag skrev inte på några papper och nu skall jag utvisas.

På vilket sätt blev du torterad, sa jag.

Det går vi inte in på, sa han. Jag vet att ni i alla fall inte tror mig. Jag skall dra i mig en vodka till och ni kan gott dricka var sin öl med mig. Sen ska jag säga adjö.

Vi har tyckt mycket om varann och det tackar jag för och jag hoppas ingen av er får reda på vad som försiggår i kommissarie Maigrets polishus.

Jag erkänner att jag inte riktigt trodde på Ivans påstående att han blivit torterad. Men fem år senare, när förstaupplagan av Frantz Fanons bok Jordens fördömda kom ut, medföljde ett tjugosidigt häfte med tolv–tretton direktreferat och beskrivningar på tortyr, som vissa utländska medborgare som velat bli fransmän fått genomlida. Däribland Ivan.

När Ivan gått sa Beata och jag inte mycket, men vi avstod från att gå över till Île Saint-Louis och möta våren.

Beata skulle bjuda på födelsedagsmiddag.

På Lipp av alla berömda ställen.

III

Det där med att gå och äta på Lipp mitt emot Café de Flore på boulevard Saint-Germain var självklart ett skämt från Beatas sida. De som hade råd att trängas på Lipp var av ett annat folk och av annan klass. Det var ett inneställe för filmstjärnor, politiker och rika turister. Men Beata menade genom att påstå att hon skulle bjuda på Lipp att vi i varje fall inte skulle gå på vårt vanliga ställe, ett litet verkligt dåligt och billigt ställe som hette Gaudeamus och som låg nära École de Médecine.

På Gaudeamus åt vi för det mesta när vi inte nöjde oss med en strut pommes frites. För oss skandinaver var begreppet alldeles okänt så att köpa en strut pommes frites var både roligt och gott. Och billigt. Men man kan inte leva på bara pommes frites och man tröttnar till slut på att äta det.

Våra svenska pengar var hårdvaluta. För femton kronor fick man tusen gamla franc, hotellrummet jag bodde på kostade tre kronor per natt och ett mål mat på Gaudeamus kostade kanske hälften. Men har man inga pengar är allting dyrt. Den lön Beata hade som sjuksköterska var nog inte mycket att skryta med, men så skröt hon heller aldrig.

Vi var naturligtvis båda lite nedstämda av det Ivan berättat. Jag personligen skulle komma att sakna honom mycket. Han hyrde en liten lägenhet på place Sorbonne och han hade ibland bjudit hem mig på te och visat sina böcker med kinesiska tecken som han just höll på att lära sig och vi hade anförtrott varann allt vi ansåg oss behöva anförtro någon.

Denne vackre man skulle jag sakna och jag skulle sakna Elena som jag antog nu inte skulle gå på de ställen där vi höll till. Elena verkade betrakta Ivan som sin storebror och beskyddare och det var han kanske också, jag vet inte.

När vi träffade ryssarna var det nästan alltid här på Tabac Saint-Michel. De ställen vi betraktade som våra verkliga hemmacaféer var Bar Monaco vid carrefour de l'Odéon och Café de Tournon som låg, och ligger, på rue de Tournon, strax uppe vid Luxembourgträdgården. Monaco finns också kvar men heter Relais.

På dessa två ställen höll amerikanerna och de flesta av oss skandinaver till. Monaco var Richard Wrights stamställe, han bodde i närheten på rue Monsieur-le-Prince. På Tournon höll författarna Chester Himes och James Baldwin till och det var också musikernas stamställe. Miles Davis, Sidney Bechet och Gerry Mulligan kunde man ofta se där och naturligtvis också komma i samtal med. Men Café de Tournon var också ett tillhåll för engelska och amerikanska journalister. Det var därifrån de ringde in sina reportage och att lyssna på dem var åtminstone ett sätt att följa med i världshändelserna.

Det här påpekade Beata. Hon sa att ryssarna nog inte tyckte om amerikanerna. De flesta av amerikanerna var naturligtvis inte mer berömda än vi andra, men bland dem fanns berömdheter, och det var nog närmast de som inte ville ha alltför intimt umgänge med sovjetryssarna. De kände sig iakttagna av FBI och CIA och var antagligen det också. Jag har läst nånstans att Richard Wright och James Baldwin pekade ut varann som spioner. De var rädda och hade nog all anledning att vara det. Så umgänge med sovjetryssar hade inte gjort deras situation lättare. Senare fick vi veta att de två och Allen Ginsberg och Norman Mailer med tiden greps av total förföljelsemani.

På Café de Flore och Les Deux Magots vid Saint-Germain-des-Prés satt ett gäng som nog också var rätt noggrant iakttaget. Bland dem Sartre, Camus, Mouloudji och Boris Vian. Café Flore lockade turister med att man där kunde möta existentialisterna och Deux Magots tog i lite till och annonserade att där mötte man hela den franska intellektuella eliten.

Hur kloka och intellektuella de än var så var nog den stora frågan och det viktigaste diskussionsämnet Algeriet. Hur man skulle få slut på kriget. Eller hur man skulle fortsätta kriget. Det spelar ju ingen roll, men jag antar att den franska motsvarigheten till FBI och CIA gärna hörde på och noterade var de hade dessa berömda män. Vad sovjetryssarna grälade om på Tabac Saint-Michel vet jag inte. Men de kunde komma i fullt gräl de också.

Fransmännen var nog också nervösa men de gick på sina egna caféer. Först Indokinakriget och sen Algeriet blev för mycket och många var inte fransmännen vi lärde känna.

Total frid rådde alltså inte i Paris. Ändå vill jag hävda att vi var unga och vackra och att vi kände oss totalt befriade från vad man brukar kalla ansvar, man må sen kalla det moraliskt eller politiskt. Vi kände en total frihet som jag ibland kan undra vem som gav oss. Paris gav oss den och dagarna och kvällarna och de enda vittnen vi kan åberopa är torsdagarna och en och annan söndagsmorgon.

Jag skulle som sagt sakna Ivan. Både Ivan, Ivan och Ivan antagligen, men mest Elena.

Jag hade en gång berättat för henne om mitt vackra Sverige och en dag råkade man visa en svensk film på biografen Odéon. Jag bjöd henne på denna film, som var Rune Lindströms Himlaspelet med fransk text och aldrig har en kvinna blivit så förbannad som hon blev på mig som kom från ett sånt jävla land, och hade hon varit beväpnad hade hon skurit halsen av mig så förolämpad var hon. Och jag måste säga att jag förstår henne.

Så småningom kom hon över denna förfärliga upplevelse och jag kan stolt säga att jag senare en gång fick bjuda henne på en kopp Viandox som är en buljong man dricker med lite vitt vin i.

Nu skulle jag nog aldrig få se henne mer. Det var en dyster tanke.

Var vill du äta, frågade Beata.

Jag tycker vi gör det enkelt för oss, sa jag. Vi går rätt över gatan in på La Huchette, där finns det fina små restauranger. Dom har nog inte öppnat riktigt än, men vi kan ju gå och titta.

Det lät ju bra tyckte Beata så vi gick ut i den blå skymningen och rakt över boulevard Saint-Michel men vi kom inte så långt in på La Huchette. Samtidigt med oss anlände kravallpolisen och började sätta upp staket och sen tänkte de tydligen rensa gatan. Där låg då fattiga kvarter med några grekiska restauranger men främst var det algerierna som hade sina couscousställen där, och nu hade man tydligen fått tips om nåt bombdåd som planerats. Det tyckte jag verkade konstigt, för inte hade väl algerierna beslutat spränga sig själva i luften. Men så låg det till enligt Beata och varken hon eller jag hade nån som helst lust att komma i vägen för deras rensningsaktion. När vi såg polisen urskillningslöst packa in folk i stora gröna polisbilar sprang vi tillbaka över gatan och in på Tabacen igen. Där stod vi och hängde lite i baren utan att dricka nåt. Bartendern krävde inte det heller men han ville ha reda på vad som höll på att ske, polisbilarna smög inte direkt fram.

Vi sa att vi ingenting visste.

Dom jagar araber, sa han dystert. Det är nu också en jävla sport. Tar ingenting slut.

Jag kom nu på den strålande idén att Beata skulle få bjuda på en öl och en ostgratinerad korv på Select uppe i Montparnasse. Och det var hon med på. Så dit vandrade vi och vi tog god tid på oss. Vi hade nog tänkt gå genom Luxembourgträdgården men den var stängd för kvällen så den gick vi runt genom att gå rue de Vaugirard bara för att åtminstone se vilka som satt på Tournon, det hörde liksom till. Vi tittade aldrig in där, men vi hade kunnat göra det och det räckte.

På Select var det ännu inte mycket folk och kvällen var så pass ljummen att vi kunnat sitta ute. Men då vi skulle äta nånting beslöt vi gå in, inte längst in men innanför glasväggen.

Här satt heller inte så många men i ett hörn satt en man med ett glas öl framför sig och omgav sig med en nästan synbar tystnad. En man som med säkerhet kunde hålla samma tanke i huvudet hela den tid det tar för en enda nolla att förbli värdelös. Det var ingen mindre än Samuel Beckett. Då femtio år.

Vi går ut i luften i alla fall, sa jag. Jag ville inte att Beata skulle få syn på Beckett och fråga vem han var. Hon kände inte igen honom men hon skulle inte ha kunnat undgå att märka att jag gjorde det.

Så satt vi alltså utanför glasdörrarna och drack öl och åt ostgratinerad korv. Hot dog som det hette, men med franskt uttal. En hot dog på Select är en hel måltid.

Vad som nu händer är alltså helt och hållet Samuel Becketts fel. Hade han inte suttit där han satt och vi suttit kvar så hade inte en chokladbrun flicka i min ålder och som också jobbade på Amerikanska sjukhuset stannat och hälsat på Beata och sen hälsat på mig och berättat att hon hette Diana Thompson.

Men nu hälsade hon på både Beata och mig och satte sig ner några minuter. Hon skulle möta någon på Le Dôme mittemot.

Hon hade ganska rakt hår för att vara negertjej och dessutom hade hon en brun klänning på sig som bara var något brunare än hennes hud.

Det var vad jag hann lägga märke till innan hon gick, men namnet Diana Thompson tyckte jag lät så vackert att jag beslöt lägga det på minnet.

När hon gått berättade Beata att hon var amerikanska vilket jag kunde ha gissat mig till.

Om jag hade gissat vilket jag inte gjorde. Jag satt och tänkte på att om jag vore en modig man skulle jag gå in till Beckett och be att få göra en snabb teckning av honom och dessutom en kortare intervju. En sån intervju och en teckning skulle jag nog kunna sälja till nån litterär tidskrift i Stockholm. Hade jag kunnat se in i framtiden, vilket var exakt vad jag inte kunde göra, hade jag kunnat gå fram till honom och sagt: Samuel, om tretton år får du nobelpriset så låt oss snacka lite.

Vad tänker du på, sa Beata.

Jag tänker på skulptören Giacometti, sa jag. Han brukar sitta här om kvällarna och han kommer kanske i kväll också. Då skulle du kunna hjälpa mig så jag kunde göra en intervju med honom och så kunde vi fråga honom vad han tror han håller på med.

Han är konstnär, sa Beata.

Det jag vet om honom, sa jag, är att han är utbildad läkare men att han aldrig utövade det yrket utan istället blev konstnär. Han har säkert mycket att säga om konst eller så har han ingenting att säga för vad finns det att säga om konst. Jag tänkte närmast på att jag kunde skriva en artikel om honom och tjäna lite pengar.

Jag är inte bra på intervjuer vilket jag märkte när jag pratade med Richard Wright och honom träffar vi ju dagligen på Monaco. Gubbarna är för kloka och så vet man för lite. Men just Alberto Giacometti har jag en hållhake på. Jag har hört att han är jävligt mörkrädd och aldrig sover med lampan släckt. Vi kunde fråga vad han är rädd för.

Det är nog ingen bra idé, sa Beata.

När jag snackade med Richard Wright undrade jag vad han var rädd för också, och som tur var visste han att jag bara var en ung blåögd svensk så han blev inte arg ens då jag frågade om han ville sjunga sin F. B. Eye blues för mig.

Har han skrivit en sång, sa Beata.

Jag kan sjunga den, sa jag. Men vi kanske bör gå ner till Tournon och fråga Miles Davis som håller ihop med Juliette Gréco om han vill be henne sjunga den. Den är kort och bra. Så här.

Och så sjöng jag för Beata:

It breaks my heart in two, Lord
And I just can't forget
Old F. B. Eye ain't ended yet.

Du har nog ingen framtid som sångare, sa Beata.

Nej, sa jag. Och inte som intervjuare heller. Men om jag nu kom i närheten av Giacometti kunde vi väl i alla fall snacka med honom. Han är väl snart sextio år och kommer att betrakta mig som det barn jag är. Jag är visserligen utbildad konstnär och jag går ju inte helt sysslolös. Ungefär tre timmar om dan tecknar jag på en balettskola uppe vid Pigalle. Det får jag göra gratis, det har en svensk danskonstnärinna jag känner ordnat. Att teckna balettövningar är svårt. Men det är inte lika svårt som att dansa. På den skolan dansar man till abstrakt musik eller till tystnad. Obegripligt är vad det är. Men det är all konst, säger vi, så slipper vi snacka mer om det.

Jag undrar vart Mary och Bob egentligen skulle ta vägen, sa Beata plötsligt. Dom for i hans stora skåpbil. Jag tror du har mycket svårt att komma över förlusten av Mary, men vägrar medge det. Till och med jag vägrar inse att det är sant. Och Bob av alla män.

Det kallas för kärlek, sa jag. Det där som du säger att jag inte begriper mig på.

Du är en pratglad person, sa Beata. Jag har märkt att du bara är tyst när du får syn på en vacker flicka eller när du råkar se dig själv i en spegel.

Det där var taskigt sagt, sa jag.

Det är möjligt, sa Beata, men det är sant.

Beckett gick. Kvällen gick och Giacometti kom inte.

Vi tog metron till Odéon och Beata gick direkt till hotellet medan jag satte mig på Bar Nesle för en ensam kvällsöl. Jukeboxen spelade en lämplig amerikansk sång som började: There is a drop of tear in my beer tonight.

IV

César Vallejo har också skrivit att en kväll fyller kanske någon år och vill att vi då mäter hans steg medan han gråter. Det anser han naturligtvis omöjligt. Men kanske mätte jag mina steg från Bar Nesle till min hotelldörr eftersom jag vet att det var exakt fyrtio steg. Men grät gjorde jag knappast. I det fallet var jag avundsjuk på César Vallejo som ansåg sig kunna gråta på gehör. När han ville.

Jag antar att César Vallejo skrev på spanska och Federico var ju spanjor och poesiintresserad och det var han som börjat översätta några dikter av honom. Federico såg inte ut som en barägare och inte som en spanjor. Han var alltid välklädd i mörk kostym, vit skjorta och slips och nyrakad och såg ut som en fyrtioårig bankdirektör från Milano.

Att vi kommit att tala om César Vallejo som jag inte tidigare kände till berodde på att jag en dag satt på Federicos bar och skrev ett vykort, och som han tyckte om att prata och var ganska nyfiken på sina gäster frågade han till vem jag kunde tänkas skriva ett vykort som jag synbarligen hade svårt att formulera. Det hade jag och jag sa att jag försökte skriva ett kort hem till min mamma. Hon var orolig för mig antog jag. Hon hade aldrig varit utanför Sveriges gränser.

Det kanske bör sägas att jag och Federico talade engelska med varann annars hade jag inte hängt med i den poesi han försökte förmedla. När jag nu skulle skriva mitt vykort sa Federico att jag skulle skriva som César Vallejo därför att César Vallejo var hans vän och en av de få gäster han verkligen tyckt om och att han nu gav mig tillåtelse till, eller rentav krävde av mig, att betrakta honom som min vän. Var det nåt César Vallejo behövde så var det vänner för han hade den stora olyckan att vara född den dag då Gud var sjuk.

Federico dikterade vykortet:

Det finns, mor, ett ställe här i världen som heter Paris. Ett stort ställe, och avlägset, och än en gång stort.

Jag undrar om min mamma någonsin fick ett vackrare vykort. Federico berättade senare att han inte bara kände Vallejo som gäst i sin bar. De hade kämpat sida vid sida mot Franco i spanska inbördeskriget. Det kriget ville han inte tala om men han gav mig César Vallejo som min vän och den vänskapen har, om ingen annan vänskap gjort det, hållit i sig.

Den här kvällen då jag druckit min kvällsöl och gått de fyrtio stegen till Hôtel Nesle och upp för de fem trapporna och suttit en stund på min säng i detta vitkalkade tomma rum gick jag ut igen.

Jag hade inget bagage, inga böcker och inga andra ägodelar heller utom det som verkligen betydde något för mig. En skrivmaskin, ett teckningsblock och en förnämlig bläckpenna av märket Eversharp. Den reservoarpennan var min dyrbaraste ägodel för bättre pennor att teckna med har aldrig gjorts. Jag tror att firman Eversharp låg i Australien men firman hade just gått omkull och deras reservoarpennor såldes ut. Man fyllde pennans gummiblåsa med det svarta bläcket Pelicans India Ink som numera inte är så lätt att få tag i det heller.

En skrivmaskin, en reservoarpenna och en flaska svart bläck är som tillhörigheter inte mycket att skryta med. Jag hade haft lite kläder som jag lämnat in på en tvättinrättning i Neapel men sen aldrig haft råd att lösa ut, men det var ingenting jag saknade. När jag närmare tänker efter så hade jag nog råd att lösa ut tvätten men hittade inte tillbaka till tvättinrättningen.

Rummet var vitkalkat fast inte helt nyligen och jag var inte tillräckligt trött för att sitta där ensam. Rummet såg alldeles obebott ut och jag visste inte då att just det faktum att det såg obebott ut om man bara tittade in i det skulle få en stor och avgörande betydelse. Det ingick i den lek ödet planerat för mig.

Jag gick alltså ut igen. Klockan var inte särskilt mycket. Jag gick till Café Tournon. Monaco var stängt söndagar.

Där på Tournon träffade jag Pär Rådström och Lasse Forssell som skulle iväg till Olympia på högra stranden och intervjua Mezz Mezzrow och som jag aldrig gick ut utan ett litet teckningsblock och min Eversharp så fick jag följa med. Jag kunde ju teckna Mezz som Pär Rådström ansåg vara hans vän, eftersom han översatt Mezzrows bok Dans till svart pipa. Åtminstone det första kapitlet i den boken.

Vi tog en taxi ungefär till Madeleine och letade upp Mezz Mezzrow som var närmare sextio år och till min förvåning vit. Jag hade trott han var svart. Pär pratade på där vi stod och hängde med honom vid en lång röd bardisk och jag gjorde nån skiss av honom. Men jag tror aldrig den intervjun kom i tryck för hur bra han än spelade klarinett så var han, trots att han hällt i sig en del sprit, direkt tråkig och Lasse Forssell tröttnade omedelbart på honom. Och Pär med antar jag. Men det var i alla fall ett försök att skriva ihop lite pengar.

Det fanns ett ställe på Montparnasse som hette États-Unis och

där hade Lasse Forssell och jag tänkt intervjua en Miles Davis som var så totalberusad att det inte blev nåt av det heller. Lasse och jag försökte dricka ikapp honom, vilket resulterade i att ingen av oss efteråt kom ihåg vad vi pratat om.

Det reportage jag minns var det Pär och Lasse gjorde på Erich von Stroheim. Det blev mycket lyckat och köptes tror jag av tidningen Vi. Då var jag inte med.

Jag antar vi återvände till Tournon. Lasse var på dåligt humör. Han hade några dagar innan skrivit färdigt en pjäs som hette Kröningen och som han ansåg totalt misslyckad. Detta hade han talat om för en finsk flicka som hette Peggy. De hade antagligen träffats nån morgon på Monaco och Lasse hade sagt till henne att han bar på ett pjäsmanuskript som var så värdelöst att han nu skulle gå och kasta det i Seine.

Lasse hade gått men Peggy hade följt efter. Lasse kastade manuskriptet i närmaste papperskorg och Peggy plockade upp det och gick ikapp honom och gav honom det. Manuset åkte då ner i nästa papperskorg och Peggy gav det tillbaka. Och så höll de på till dess Lasse tröttnade och beslöt skicka manuset till Dramaten.

Nu är jag ändå inte säker på att jag minns rätt. Lasse Forssell var ur humör, men om det var på grund av den pjäs Peggy tvingat på honom är jag inte säker på. Vilket ju kan göra detsamma. Jag tror Peggys räddning av Kröningen skedde några år tidigare, för korrekt tänkt hade nog Peggy vid det här laget åkt hem för att gifta sig.

Om nu Pär Rådström misslyckades med en intervju med Mezz Mezzrow betydde det naturligtvis ett ekonomiskt misslyckande och ekonomiska misslyckanden var inte precis vad Pär tålde. Jag förstod inte då varför han inte i stället kunnat intervjua Sidney Bechet eller Gerry Mulligan. Men det visade sig sen att han avstod för att han visste nånting som varken Lasse eller jag hade en aning om, och det var att just på Tournon skaffade sig musikerna knark. Det var annars ingenting man hörde talas om. Och om nu Pär visste om det gjorde han alldeles klokt i att inte låtsas om det.

Det var mycket man inte låtsades om, men på Tournon fanns det nånting man inte försökte dölja. Ägarinnan till Tournon kallades Madame Alazar och hon hade samarbetat med de tyska ockupationssoldaterna och bakom bardisken hängde ett fotografi där hon går på en gata med alldeles renrakat huvud, det var det straff som franska flickor som fraterniserat med tyskar fick. Håret rakades av.

Madame Alazar verkade stolt över fotografiet och jag hörde aldrig nån kommentera det.

Jag är nu när jag tänker efter inte alldeles säker på att jag gick till Tournon den kvällen jag fyllde tjugoåtta år. Det är fyrtiofem år sen så jag behöver inte vara alldeles säker. Men jag är säker på att jag fann mitt hotellrum så deprimerande tomt och vitkalkat ödsligt att jag gick ut igen. Och att jag träffade Lasse Forssell är jag säker på. Men det där med intervjun med Mezz Mezzrow tror jag hände tidigare. Och det troliga är att det var den kvällen vi försökte få något vettigt ur Miles Davis. Jag tror helt enkelt Pär Rådström åkt hem. Annars hade han varit med redan på morgonen och firat min födelsedag. Vi hade hängt ihop så länge i Italien och under sådana omständigheter att man inte kan undgå att lära känna varann utan och innan. Han hade kommit ihåg min födelsedag.

Beata och jag hade firat den och det borde ju räckt för mig. Federico hade ju ställt upp med ost och förnämligt vin.

Men det var ödsligheten i mitt hotellrum som fick mig att gå ut igen. Jag kanske saknade Mary mer än jag trodde men ändå minns jag att när jag gick rue Dauphine upp i kvällsmörkret kände jag mig fri och lycklig. Befriad och lycklig. Att jag inte grät om jag nu mätte mina steg och heller inte tänkte gråta.

Jag gick upp till Odéon och tog metron till Vavin strax utanför Select och gick tillbaka in där och träffade Lasse Forssell.

Mary har rest, sa Lasse. Det trodde jag aldrig. Ni passade så bra ihop. Är du ledsen.

Nej, sa jag. Tvärtom konstigt nog men jag stod bara inte ut i mitt tomma hotellrum. Du vet. Vad fan ska man sitta i ett tomt hotellrum för när Paris är som gladast.

Stack hon med den där dåren Bob, sa Lasse.

Man säger det, sa jag. Och är det så så är det så.

Jag fick då en briljant idé.

Vi gör så här, sa jag. Vi tar en taxi ner till Bar Nesle. Det har vi pengar till. Jag lånar ett par flaskor vin hos Federico och sen går vi upp på mitt rum och så sitter du modell för mig. Så har jag i alla fall uträttat något.

Det där var Lasse med på. Visserligen tog vi metron istället för taxi men vi kom till Bar Nesle och jag lånade ett par flaskor vin och så gick Lasse med upp på mitt hotellrum. Han såg sig omkring och sa: Du äger ju ingenting.

Jag vet det, sa jag. Och jag sa det utan att veta att det var just den meningen som sen skulle komma att spöka för mig ett bra tag och gör så än.

Jag gjorde den kvällen ett rätt bra porträtt av Lasse Forssell som när jag många år senare hade en porträttutställning i Stockholm var den enda tavla jag sålde. Det är kanske inte så konstigt. Det märkliga är att jag var och fortfarande är övertygad om att jag gjorde hans porträtt i svartvitt och på ett vitt papper, men när jag ställde ut tavlan var den gjord med oljefärg på duk. Så jag måste ha haft en rulle duk och lite oljefärg med mig, för årtal och månad stämmer, och jag har ingen svartvit bild av Lasse från den tiden.

Minnet leker med mig ibland, och det är ju inte bra om man ska skriva ihop en realistisk skildring från femtiotalets Paris. Men det är inte det jag är ute efter. Jag ska berätta om kärlek. Jag kommer dit men det är inte tid än. Dessutom kommer det att kräva en hel del mod som jag inte vet om jag har.

Sen jag gjort porträttet på Lasse Forssell gick vi till en nattöppen krog vid Hallarna och försökte få i oss var sin grisfot.

Det faktum att porträttet av Lasse Forssell är målat med oljefärg får mig att inse att jag nog hade större ambitioner än jag minns. Jag tecknade visserligen balett men av de teckningarna har jag inga kvar. Däremot har jag ett helt block med blyertsteckningar där Mary står, sitter eller ligger nakenmodell. Jag har ibland tittat igenom modellteckningarna och förundrat mig över att jag var så bra på att teckna då och inte har blivit bättre sen.

Från dansskolan vid Pigalle, som vår stora danskonstnärinna Birgit Åkesson rekommenderat mig till, har jag i alla fall en teckning i tryck som bara föreställer ett pojkansikte. Lärarinnan som undervisade hade en elev som hette Rafael. Rafael var tydligen inget underbarn med naturlig begåvning för abstrakt dans och varje gång han enligt lärarinnan tog ett felsteg vrålade hon: Rafael! Jag satt en eftermiddag på ett café uppe vid place Pigalle och skrev en novell som hette ”Rafael, dansören”. Jag tror jag sålde den till Folket i Bild.

Ibland skickade Sven Barthel på Dagens Nyheter ner noveller till mig som jag illustrerade. Men inte tillräckligt ofta, så kände jag för att illustrera fick jag skriva själv. Jag ville bli lika bra som Adolf Hallman och det skrev jag också till Sven Barthel och jag fick ett omedelbart svar där det bara stod: Träffar du Adolf Hallman så för helvete akta dig för honom.

Senare frågade jag Sven Barthel vad han egentligen menat, men han sa att han bara menat att om jag träffade Hallman skulle jag akta mig för honom. Varför berättade han inte.

Hade jag stött på Adolf Hallman hade jag nog ändå försökt lära känna honom, han är mig veterligen den ende tecknare och skribent som träffat den okände soldatens mor.

Vi vandrade sakta hemåt mot våra respektive hotell, Lars och jag, medan den nattliga ljumma majvinden gick mot morgon och vi gick där och kände att vi var i Paris.

Jag kanske kunde ha mätt upp Lars Forssells steg medan han grät. Han grät nämligen över hela Pont Neuf. Vi grät alla då och då och det kallades för att vingråta.

På Pont Neuf stod vi ett tag och hängde över Seine och glodde på Notre-Dame. Lasse erinrade sig Charles Laughtons sista replik i Ringaren i Notre-Dame: Jag önskar jag vore gjord av sten.

Det är egentligen ingen märklig önskan.

V

Les chèques
ne sont
pas accepste

Kommer man inte hem förrän Paris börjar skramla med sina sopvagnar så sover man sen rätt länge. Man vaknar mitt på dagen, vilket jag också gjorde måndagen efter min födelsedag. Städerskan som envisades med att städa varje måndag vände sin skurhink upp och ner utanför min dörr och sen släppte hon sin tunga nyckelknippa på den för att skramla mig vaken. Det är ett jävla sätt att vakna på egentligen, men eftersom klockan då var framåt två öppnade jag för henne. Hon var en snäll gammal dam som envisades med att vilja bli tilltalad Madame Violette som jag tror hon hette lika lite som Beata hette Beata.

Madame Violette var inte vacker, och de flesta hotellgästerna tyckte hon av nån anledning inte om men mig tyckte hon om, eller kanske rättare sagt synd om, vilket passade mig bra. Hon tolererade att jag sov till framåt två men knappast längre. Jag drog alltså på mig ett par byxor och öppnade för henne och denna speciella morgon såg hon trött och sliten ut. Hon satte sig på min säng och berättade att det för några dagar sedan flyttat in ett medelålders par på tredje våningen och att de förde ett sånt oväsen på nätterna när de älskade att man bett henne få tyst på dem. Det ansåg hon inte vara hennes jobb, men hon hade talat med paret som blivit så förbannade på henne att de kallat henne för ett gammalt russin.

Jag höll naturligtvis med om att detta var högst orättvist, och som Lasse Forssell och jag hade lämnat en hel vinflaska kvar tog Violette och jag var sitt stort glas för att trösta oss och glömma alla dumma personer som trodde sig kunna härja som de ville i en säng hon måste bädda.

Jag behövde ju inte trösta mig men jag behövde kanske ett glas, för det var måndag och Bar Nesle skulle vara stängd.

Jag kunde knappast tänka mig ett grymmare öde än att tvingas städa Hôtel Nesle om man är sjuttio år och har dåliga knän. Jag tyckte om henne och det visste hon, annars hade hon aldrig låtit mig sova till två, och hon tyckte om mig, för skrivmaskinen skvallrade för henne att jag hade författarambitioner och det ansåg hon naivt, för jag var för ung för att veta nånting om nånting.

Medan hon pratade på varav jag förstod ungefär hälften tog jag på mig skjorta och kavaj och lämnade henne med vinflaskan som hon var välkommen att dricka ur.

Jag gick sakta upp mot carrefour de l'Odéon och Bar Monaco. Där satte jag mig vid ett av trottoarborden och beställde en öl av Gabby, som amerikanerna döpt bartendern till. Jag satt sen stilla och värmde mig i vårsolen och väntade på att nån jag kände skulle komma.

Big Ed letar efter dig, sa Gabby när han ställde ner ölen.

Big Ed var en storvuxen amerikansk fotograf och vi kände varann mycket väl.

Jag undrade vad Gabby menade med att Big Ed letade efter mig. Om jag bara satt kvar skulle han komma antog jag. Men det fanns ett ställe till vi ofta gick på och det var en bar, eller snarare ett café, som också bakade pannkakor. Ett crêperie med andra ord. Det låg i början av rue de Tournon och kanske bara femtio meter från Monaco. Där kunde han kanske vara.

Jag sa åt Gabby att låta min öl stå och att jag snart skulle vara tillbaka och så gick jag till pannkaksstället. Jag tittade bara in och där satt Big Ed och pratade med en holländsk fotograf och en negerflicka som verkade något litet bekant.

Ed, sa jag. Jag sitter i solskenet på Monaco. Du ville mig nåt.

Jag kommer, sa Big Ed. Men kom du och hälsa.

Holländaren kände jag, så honom behövde jag inte direkt hälsa på, det var negerflickan Big Ed ville presentera. Jag hälsade på henne och upptäckte att det var samma flicka som jag träffat tillsammans med Beata på Select kvällen innan. Big Ed sa vad jag hette och så presenterade han Diana Thompson. Till Big Eds förvåning sa Diana: Vi sågs i går kväll. Vi känner varann.

Som jag kom från solskenet utomhus tyckte jag det var lite skumt i lokalen så jag tittade inte närmare på Diana Thompson. Om jag gjort det hade jag absolut slagit mig ner vid deras bord. Nu gick jag tillbaka till Monaco och min halvdruckna öl och väntade. Jag hade inte en aning om vad Big Ed ville mig.

Jag hade inte suttit länge förrän konstnären Gösta Werner kom gående med en smal och hög dörr under armen. Dörren ställde han mot väggen och så satte han sig ner vid mitt bord.

Se på den vackra dörren, sa han. Jag har gått förbi den där dörren varje dag nu i en månad och den har alltid stått halvöppen som om ingen använde sig av den. Nu när jag gick förbi häktade jag av den. Jag ska måla på den. Den ska bli ett konstverk. Eftersom jag bara har tjugo meter till mitt hotell Monsieur-le-Prince går jag upp med den på mitt rum och så beställer du en öl åt mig.

Var det ingen som såg att du snodde dörren, sa jag.

Det tror jag inte, sa han och så gick han vidare med dörren under armen till sitt hotell. Och han var tillbaka innan jag hunnit beställa hans öl.

Du kan inte vara riktigt klok, sa jag.

Det har jag heller aldrig hävdat, sa han. Jag behöver den där dörren.

Gösta Werner var en stilare i alla avseenden och det skulle inte förvåna mig om den där dörren i dag är rätt så dyr. Han var både sjökapten och svensk mästare i fäktning men framför allt var han konstnär på ett sätt jag vill konstnärer ska vara.

Strax efteråt kom en kamrat från Konstakademien, Svenolle Ehrén, i sällskap med konstgjutare Gunnar Pettersson, och de fick förbanne mig inte beställa nån öl innan de följt med Gösta Werner till hans hotellrum och prisat skönheten Gösta Werner menade fanns i denna dörr. Det var en vacker gammal dörr som en gång i tidernas morgon varit blå, och det var antagligen detta blå som påminde Gösta om hans långa tid som sjöman.

Vi var nu alltså tre stycken svenskar som satt och solade oss då Big Ed anlände. Han hade följande ärende som han nu noggrant redogjorde för:

Han hade fått veta att denna kväll vid åttatiden skulle det göras en två timmar lång teveintervju med Ingrid Bergman på Lido vid Champs-Élysées. Han hade fått tillstånd att ta några stillbilder på henne och ville nu att jag skulle följa med ifall nåt skulle behöva sägas på svenska. Varken Gösta eller Svenolle eller Gunnar eller jag hade sett en televisionsapparat, för på caféerna i Paris fanns det inga, så vi åtog oss att följa med alla fyra.

En räcker, sa Big Ed. Och han hade valt mig.

Jag tänkte naturligtvis snabbt ut att jag skulle ta teckningsblocket med mig och möjligen kunna kasta fram några intelligenta frågor på svenska som jag antog Ingrid Bergman skulle bli så glad att höra att hon skulle svara mig. En sån intervju skulle jag kunna sälja. Men jag var tvungen att klä mig lite finare, sa Big Ed, och Gunnar åtog sig att låna mig en vit skjorta.

Vi skulle för att vara på den säkra sidan infinna oss på Lido ett par timmar innan själva inspelningen började, föreslog Ed, så kanske vi kunde få åtminstone en halvtimme med Ingrid Bergman som hon helt kunde ägna åt oss. Hon och jag kunde ju tala svenska och sen kunde jag förklara för Ed vad vi sagt.

Big Ed gick för att i god tid förbereda sig för den stora aftonen medan vi andra satt kvar och lite smått diskuterade hur en teveintervju kunde tänkas gå till.

Eftersom det fanns nåt som hette Lidobaletten antog vi att Lido var en teatersalong och att det då fanns en scen, och att på scenen skulle Ingrid Bergman sitta omgiven av sina franska kolleger inom filmbranschen. Det skulle finnas några fotografer och journalister nära scenen, däribland alltså Ed och jag. Sen skulle det hela filmas.

Senare kunde jag tala om för mina kamrater hur det hela gick till. Lido var som en stor teater och det var rätt mycket publik, och Ed och jag satt ganska nära scenen. Det hela började med att Lidobaletten dansade Hugo Alfvéns Midsommarvaka, en melodi som fanns i alla Pariscaféers jukeboxar och då hette Swedish Rhapsody. Balettflickorna dansade den för att värma upp stämningen antog jag, och de var klädda i något som man om man var lite vidsynt nog kunde säga liknade svenska folkdräkter.

Efter det hände egentligen ingenting. Själva intervjun som jag trott vi skulle få höra filmades i ett litet hörn i andra änden av salongen och vi såg aldrig Ingrid Bergman. Vi såg Jean Gabin och Jean Marais och några andra på väg till hörnet där intervjun hölls. Lidobaletten kunde vi ju se när de dansade en gång i halvtimmen men det var också allt.

Idag hade en sån intervju visats på stor duk så alla hade kunnat se och höra vad som utspelade sig. Men i det här fallet utspelade sig alltså ingenting utom lite balettdans. Det hela avslutades som det börjat med Swedish Rhapsody.

Vårt besök på Lido var alltså reportagemässigt totalt misslyckat. Men jag lyckades få prata med en av flickorna i baletten, en engelska, och när jag sa att jag var från Sverige gick hon och hämtade en svensk flicka som också tillhörde baletten. Hon frågade var i Paris jag bodde och när hon fick veta att jag bodde i närheten av rue Dauphine, jag antog att gränden rue de Nesle var henne obekant, bad hon mig vänta på henne till dess de dansat färdigt. Klockan skulle då bara vara tio på kvällen och hennes dåvarande kärlek var en fransman som jobbade som bartender på Club Tabou som låg snett emot Bar Nesle på rue Dauphine. Hon hette Sonja om jag minns rätt. Balettflickor är inte alltid så vackra på nära håll som de förefaller vara på scenen men Sonja var vacker nog.

Jag sa åt Big Ed att han fick ta sig till kvarteret bäst han kunde. Jag skulle gå hem med en av balettjejerna, vilket han inte trodde ett ögonblick på förrän Sonja omklädd kom och hämtade mig.

Vi gick ganska långsamt och när vi kom fram till Club Tabou bjöd hon mig på en öl. Jag fick också hälsa på hennes fästman, en långnäst fransman. Det var enda gången jag var på Tabou vad jag minns. Jag gick dumt nog inte ner i källaren, då hade jag kanske fått höra Juliette Gréco. Men jag hade i alla fall inte vetat vem Juliette Gréco var. Lasse Forssell frågade mig för inte så länge sen om jag kom ihåg när vi en gång med Pär Rådström intervjuade Mezz Mezzrow, och det gjorde jag ju. Han frågade då vidare om jag kom ihåg en liten gumma som gick och pysslade om en gubbe, plockade hårstrån från hans kavaj och rättade till hans slips, och det sa jag att jag också gjorde. Den lilla gumman var Edith Piaf, sa han. Jag sa som sanningen var att jag inte hade känt igen Edith Piaf om jag så hade snubblat på henne, och lika lite skulle jag ha känt igen Juliette Gréco.

Jag hade alltså lämnat Lido med en i Big Eds ögon mycket vacker balettdansös, och jag insåg efter Big Eds utläggning senare om min oslagbara dragningskraft på kvinnor att jag var en kille som kunde plocka ut vilken tjej jag ville ur vilken berömd balettensemble som helst.

Big Ed var helt enkelt imponerad, och han frågade hur det hade känts efteråt. Jag kunde då ha sagt eller borde ha sagt: Vadå efteråt? Men jag förstod ju att han antog att jag och Sonja gått direkt hem till min säng och jag lät honom tro det.

Det är en sak jag ångrar när det gäller Big Ed. Han var stor och hade ett litet skägg och hade varit med i Korea, men han var ett år yngre än jag och total oskuld när det gällde kvinnor. Han frågade mig en kväll då vi satt och drack på Bar Nesle om jag hade lust att följa med honom till en horgata och hjälpa honom att plocka ut en lämplig flicka som i sin tur var villig att hjälpa honom bli av med sin svendom. Det var nånting jag bestämt avrådde honom från. Absolut och totalt, för han skulle ångra sig resten av sitt liv.

Big Ed var så avundsjuk på min förmåga att dra till mig vackra kvinnor att han jämt pratade vitt och brett om detta, och det oförtjänt goda rykte jag på det sättet fick gjorde att många vackra flickor blev nyfikna på mig och började prata med mig bara för det.

Big Ed utgick från att jag låg med dem alla, och jag vet att han ingående förhörde en amerikanska från Ann Arbor om hon inte ändå kände lite skam, han hade sett oss gå nånstans tillsammans.

Då denna flicka, som hette Joyce, inte hade en aning om vad Big

Ed menade eftersom vi bara gått nånstans och druckit ett glas vin sa hon att hon inte skämdes ett dugg utan tvärtom tyckt att vi hade haft det mycket trevligt.

Big Ed berättade detta för mig sen genom att säga: Joyce tyckte mycket om att älska med dig.

Hur vet du det, sa jag.

Jag frågade, sa han.

Varför det, sa jag, lätt förbannad.

Jag känner ett ansvar för flickorna, sa han. Som man är det mitt ansvar.

Det där lät så satans egendomligt i mina öron att jag beslöt att inte ens grubbla på vad han kunde tänkas mena.

VI

Det går några dagar och den egendomliga lättnad jag känt över att Mary rest bort med det odjuret Bob övergår i förvåning, men en förvåning som ändå ingav en känsla av både välbefinnande och glad upprymdhet. Jag var redo för allt och öppen för allt. Ändå erkänner jag att jag då och då kände ett styng av saknad, men det var min framtand jag saknade, och dessutom kom det till min kännedom genom en av de danska sjuksystrarna att den italienska tandläkaren ljugit för mig. Hon berättade att man inte kunde sätta i en stifttand om man dragit ut roten utan man måste göra en brygga. I guld. Hon sa också att det var dyrt, åtminstone dyrare än en vanlig stifttand.

Så jag fick bära min tandglugg med högburet huvud. Vilket för en fåfäng person inte var lätt, särskilt om jag skulle frilansa ihop pengarna genom att intervjua personer jag inte ens kände igen, och även om jag kände igen dem eller till och med kände dem, så visste jag ju inte att många av dem en dag skulle bli verkligt berömda.

Den norske kompositören Arne Nordheim träffade jag till exempel dagligen, han var Oslo Mjölkcentrals stipendiat, men först när vinterolympiaden gick i Lillehammer och jag på invigningen hörde speakern säga att den musik som spelades var skriven av ingen mindre än den världsberömde norske kompositören Arne Nordheim, insåg jag att jag kanske i Paris borde ha talat lite mer om musik med honom och skrivit en gripande artikel om honom. Men som jag sagt, jag kunde inte se in i framtiden och dessutom intresserade mig norska kompositörstuderandes vidare öden måttligt.

Två norska målare från Oslo Akademi umgicks jag också med. Det var två bröder varav den ene alltid gick i nedfläckad overall så man skulle se att han var konstnär, och den andre gick propert och närmast söndagsklädd. Den av dem som numera är mest berömd, och med rätta, är den som vägrade se ut som en konstnär. Han hade fattat att ska man lära sig något om den plats där man befinner sig så är bästa sättet att uppträda som turist.

Då och då efter mina teckningslektioner där jag var min egen lärare på dansskolan vid Pigalle gick jag upp till Montmartre och tittade på de många konstnärerna som levde på att rita porträtt av turister och göra eländiga gatubilder. Jag avundades dem inte och hade inte tordats ställa upp ett staffli där själv. Men jag tittade på dem alla och några av dem började hälsa på mig.

Bland dessa konstnärer stod en blond och blåögd ung man som gjorde sitt bästa att rita turistporträtt. Jag gick förbi honom ett flertal gånger, men utan att tala med honom. Men en regnig dag då han stod under en tältduk sa jag åt honom att jag skulle bjuda på en öl förutsatt att han inte tecknade av mig. Och vi drack en snabb öl.

Vi blev inte särskilt goda vänner men han frågade: Kan du teckna av mig.

Nej, sa jag. Det var bara händelsevis jag ville ha sällskap för en öl. Jag är svensk författare.

Det ansåg han inte vara mycket att tala om, han ville gå tillbaka till sitt tillfälliga levebröd. Jag önskar att jag hade sagt: Jag ser att du har talang, men inte för bildkonst. Släpp penna och kritor för det här kan du inte.

Den blonde blåögde unge mannen var ingen mindre än den numera välkände skådespelaren och regissören Robert Redford, och jag tror han tyckte att han var lika vacker som jag tyckte jag var. Nästan.

Den framtand som alltså inte fanns var mig trots allt till en viss glädje. Man frågade mig ibland hur jag förlorat den och förklaringen att jag kört en kärra cement en meter för långt och ramlat ner i en grop och slagit ut tanden hade ju inget litterärt sting. Jag broderade därför lite som jag ville på historien om hur det hela gått till med så elakartat resultat.

Min favoritberättelse var att jag när jag anmält mig till en kvällskurs på Alliance Française kom att sitta bredvid en oerhört vacker flicka från Oregon i USA som hette Shirley Tayer. Tätt tillsammans hade vi suttit där i tre veckor under en av Paris kallaste vinterveckor och blivit smått förälskade i varann. Hon lånade mig en kväll tusen franc och jag bjöd henne till Select. Där blev vi sittande länge och hon missade ett möte med sin fästman. Hon bekände för honom att hon ölat med en skolkamrat och så långt var det ju sant. Att jag lånat tusen franc av henne var också sant. Nästa kväll då kursen slutade kom hennes fästman, en storvuxen amerikansk sergeant i uniform, och mötte oss och jag höll henne oförsiktigt nog under armen. Sergeanten, vad han nu hette, ansåg tydligen att här måste han försvara sin älskade Shirley så han tog tag i mig och hotade slå ut alla mina framtänder.

Modigare var jag inte än att jag aldrig återvände till Alliance Française och Shirley fick aldrig tillbaka de tusen franc jag lånat. Med min kännedom om amerikanska soldater vet jag säkert att fästmannen utan att tveka verkligen slagit till mig om han sett mig igen. Men jag lät honom i min berättelse om den felande tanden ha slagit ut den. Det var i mitt tycke ett mer romantiskt sätt att ha förlorat den än bara genom att välta en kärra cement. Dessutom var historien alldeles sann utom just vad gäller den snyting jag aldrig fick.

Det värsta var att de amerikaner jag höll ihop med på Bar Nesle på fullt allvar ville gå med mig till Alliance Française och spöa upp sergeanten. Det kunde jag ju inte tillåta. Amerikanerna slogs om vad som helst och det var något jag aldrig begrep mig på. De tyckte om att slåss. Spanjorerna som höll till i baren strax ovanför Monaco tyckte om att slåss de också, och med varann, som tillhörde de två grupper. Och det kanske de gjorde. Det fanns restauranger man undvek och det var framför allt de serbiska och kroatiska restaurangerna. Där blev det alltid bråk.

En kväll kliver jag in på Bar Nesle och ställer mig vid bardisken. Jag hinner inte få in ölen förrän Big Ed ropar på mig. Han sitter med två amerikaner jag känner, en arkitekt som kallas Will och en annan som jag inte vet vad han heter men som påstår sig studera vid Sorbonne, och vid deras bord sitter också Diana Thompson som jag nu blir presenterad för för tredje gången.

Jag tittade på henne och insåg nu att hon var en verkligt vacker kvinna och inte särskilt flickaktig trots att hon inte kunde vara äldre än jag, snarare yngre. Hon hade allvarliga svarta ögon och så den där ljusbruna hudfärgen som negertjejer som inte är alldeles kolsvarta har.

Vi tycks inte undgå varann, sa Diana. Och hon log ett leende som också fick mig att le och helt glömma att man kanske inte bör le om man saknar en framtand. Men jag kunde inte låta bli, och just det faktum att jag saknade en framtand tycktes göra henne skrattande glad, och som Big Ed talat om för mig att hon var från Georgia antog jag att hon tyckte att alla vita killar borde sakna minst en framtand. Jag blev min vana trogen en smula förälskad i henne, men som jag antog att hon stod under Big Eds moraliska beskydd låtsades jag verka helt ointresserad. Jag var heller inte mer intresserad av henne än jag var av alla andra vackra flickor men jag hoppades nog ändå att Big Ed vid tillfälle skulle berätta för henne om min alldeles speciella dragningskraft på kvinnor.

Han sa till henne: Du ska akta dig för den här svenska killen för han är en varg.

Eftersom jag tyckte det var dumt sagt sa jag till honom att han väl då kunnat presentera Diana som Rödluvan. Big Ed tog min replik som ett närmast oanständigt svar och han gav mig en varnande blick.

Sorbonnestudenten som hette Billy tycktes märka att Ed var lite irriterad och bjöd på en omgång öl och sen satt vi väl en halvtimme eller en timme och kallpratade om vad som föll oss in. Vi konverserade artigt kan man nog påstå och förmodligen pratade vi om Algerietkriget.

James Baldwin har inte helt fel när han skriver: Det jag minns från Paris är att vi bara satt på olika caféer och talade om Algerietkriget. En annan författare svarar Baldwin: Bakom allt Baldwin sa fanns ett tyst, värdelöst och skamligt gnäll. Om det syftade på vad James Baldwin sa om kriget i Algeriet låter jag vara osagt. Det kan ha gällt att Baldwin ömsom anklagades för att vara kommunist, ömsom för att vara spion åt FBI och ömsom för att vara homosexuell. Vad jag vet var han ingetdera.

Nå. Där satt vi alltså, Diana, Billy, Ed och jag, och jag ljuger antagligen om jag säger att vi kallpratade om kriget i Algeriet. Om vi pratat om det hade vi nog gjort det med en viss hetta, för en av våra amerikanska vänner och en norska vi också kände varmt för hade blivit nedslagna av polisen under de senaste dagarnas kravaller. Amerikanen blev svårt skadad genom ett batongslag i huvudet och han blev sig sen aldrig riktigt lik. Det var en vacker sydstatskille som studerade arkitektur men det fick han sluta med. När han kom tillbaka från sjukhuset ägnade han dagarna åt att dricka öl. Ett rykte gick sen att han stämt franska staten och vunnit och genom det fått en massa pengar. Om det var nåt som inte kunde hjälpa denne snälle unge man så var det pengar.

Norskan Ingun klarade sig lindrigare undan och hon berättade att de på inget sätt deltagit i nån demonstration utan bara helt enkelt råkat befinna sig på en plats där polisen inte tyckte de skulle vara. Det pratade vi nog om. Billy var också på väg att bli arkitekt.

Diana frågade vad jag var på väg att bli bara för att säga något. Och eftersom hon frågade som om det gjorde detsamma om jag svarade eller inte så sa jag att jag inte var på väg att bli något, jag var något. Jag var författare.

Varför säger Ed att du är en varg, sa hon.

Inte vet jag, sa jag. Jag tror inte ens Ed vet vad han menar.

Ni tre här är amerikaner, sa jag. Jag har aldrig varit i Amerika och jag har ingen längtan dit heller. Jag förstår mig inte på amerikaner och nu talar jag bara om de amerikanska killarna jag träffat här i Paris. I går kväll till exempel stod jag stilla och fridfullt och sög på en öl vid bardisken på Monaco. Jag talade med den där amerikanskan som alltid bär en liten låda Kleenex under armen och är ständigt förkyld och jävligt rödnäst. Om jag varit konstnär hade jag velat måla henne. Vad vi pratade om vet jag inte men plötsligt pekar hon på en kille, en av spanjorerna tror jag, och säger till mig att han nupit henne i ändan och att det är min plikt att klippa till honom. Jag säger att det ta mig fan inte är min plikt, mig har han inte ofredat. Då säger hon, Barbara tror jag hon heter, att jag inte är någon gentleman eller man överhuvudtaget, som inte är beredd att försvara sin kvinna.

Jag svarar henne stilla och mycket lugnt: Hur jävla dum är du egentligen.

Då vänder hon sig till två amerikaner som jag aldrig tidigare sett på Monaco och enligt min åsikt alltså inte hör dit och säger att spanjoren, som hon fortfarande pekar på, skändat henne genom att nypa henne i ändan och att jag, min fega jävla svensk, vägrar slåss för hennes skull. Varpå de två amerikanerna reser sig och hoppar på spanjoren som naturligtvis inte fattar ett dugg. Sen blir det allmänt bråk ute på gatan. Alla lägger sig i slagsmålet och när det tar slut är det ingen som ens kommer ihåg varför det började. Då är den rödnästa tjejen nöjd. Hennes landsmän har försvarat hennes dygd.

Ed och kanske Billy med ansåg nog detta handlande vara korrekt. Det anser inte jag. Jag vet var dygden sitter även på rödnästa tjejer.

Han vet det, sa nu Ed. Vad jag menar med att han är en varg är just det. När vi var på Lido och intervjuade Ingrid Bergman och Lidobaletten uppträdde, Lido ligger långt åt helvete mot Triumfbågen till, så valde han bara ut en av balettflickorna som han sen tog med sig hem till sitt.

Det var en svensk tjej som ville ha sällskap, sa jag.

Ni hör, sa Ed. Killen säger vad fan som helst. Det är klart att det bara är franska tjejer i Lidobaletten.

Diana skrattade så där som bara negertjejer från Georgia kan skratta, med klingande djup basröst om uttrycket är begripligt. Mitt i det skrattet gick jag.

Inte av något annat skäl än att jag var tvungen att gå. Jag hade stämt möte med Gunnar på Tournon. Vi skulle, det hade vi gett oss fan på, åka upp i Eiffeltornet.

VII

Café Tournon var egentligen inget ställe vi stämde träff på så länge dagen var ljus. Det var ett kvällsställe vad oss anbelangade. Men som Gunnar och jag bestämt oss för att äntligen åka upp i Eiffeltornet hade vi ansett att Tournon var ett bra ställe att starta på. Hade vi stämt träff på Monaco visste vi att vi antagligen inte skulle komma längre.

På Tournon väntade en ganska nedstämd Gunnar och först trodde jag att han var så där katastrofalt bakfull som vi ibland kunde bli, men han var nedstämd av en annan anledning. Av två orsaker.

Han berättade att han dagen innan ungefär vid lunchtid stått och hängt i Monacos bar och varken känt sig ensam eller på något sätt i behov av sällskap.

Det fanns en mycket sympatisk och snäll irländare i kvarteret som hette Paul och som var en mycket bra tecknare. Paul Flynn hette han och var från ett ställe på Irland som heter Spanish Point. Paul och jag satt ibland i Luxembourgträdgården och tecknade folk och talade ofta om Spanish Point, där hans far hade ett slakteri och ovanpå slakteriet ett hotellrum eller möjligen två. I ett av dessa rum hade jag en gång bott några nätter och bara det var ju egendomligt, för Spanish Point är bara en liten håla som inte är känd för nånting. Att jag kom ihåg både Pauls far och hotellrummet var för att jag trodde den kopp som hängde över min säng var en askkopp, men den var till för heligt vatten. Där stod också en ganska hög jesusstaty på vars armar jag hängde mina kläder, så när jag flyttade, eller om jag nu ombads flytta, kom en präst och välsignade rummet genom att med en kvist stänka ner väggarna med heligt vatten för att jaga ut min oheliga ande.

Den sympatiske irländaren Paul hade en fransk fästmö. Hon hade en gång varit gift i England och hade ett engelskt efternamn. I förnamn hette hon Michelle.

Gunnar står alltså lugnt och smuttar på en öl då Michelle kliver in på Monaco och ser sig omkring. Och så frågar hon Gunnar om han sett Paul. Gunnar säger nej och Michelle säger då: Han skulle vara här för jag har lovat bjuda honom på lunch.

Han kommer kanske, säger Gunnar. Ta dig ett glas vin så länge. Sen tillägger han: Om nu Paul inte kommer så kan du ju bjuda mig på lunch.

Okey, säger Michelle. Låt oss gå.

En något förvånad Gunnar följer med och de äter lunch på nåt litet ställe och Gunnar som kunde vara lika rolig som han kunde vara tråkig blev under lunchen på sitt bästa humör. Och Gunnar var när han var på sitt bästa humör en mycket charmfull person. Jag kände honom och jag betraktade honom som min bäste vän. Vi hade tillsammans byggt en väg i ett arbetslag högt uppe i Alperna nära tretusen meter ovanför Valaisdalen.

Han märkte naturligtvis att han charmade Michelle och som han hade lite pengar berättade han för henne om en bar som hon, hur mycket Parisflicka hon än var, inte kände till.

Dit ska vi gå, hade han sagt.

Det var dumt sagt av honom. Den bar han syftade på var en bar som låg nära Saint-Sulpice och var en stängd bar. Barägaren som

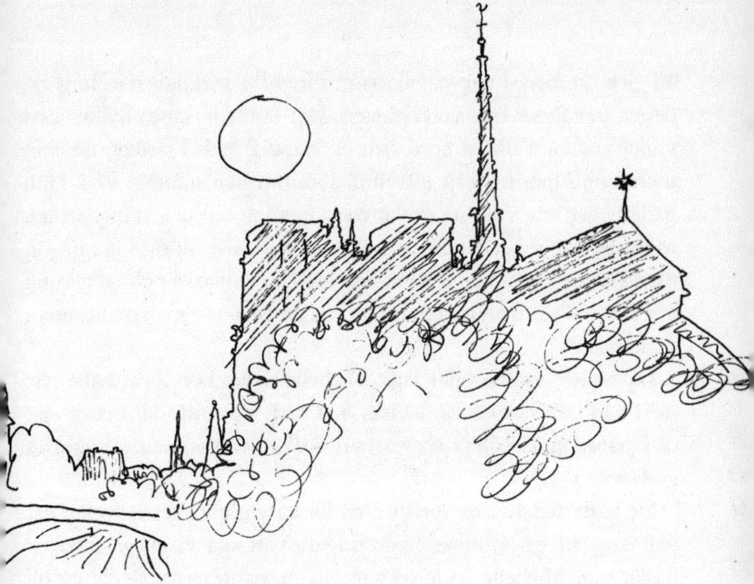

ägde en vingård hette monsieur Alphonse och serverade bara vitt vin flaskvis. Vin från hans egen vingård. Han hade när tyskarna gick in i Paris en bar men då tyskarna kom drog han ner järnjalusin för fönstret, låste ytterdörren och tog ner barskylten och andra tecken på att den nu stängda dörren ledde in till en bar. Och sen dess hade han inte öppnat sin vinbar. Men han hade ändå baren kvar, och man kunde gå dit och köpa sig en flaska av hans vita vin om man gick in genom en inkörsport och över en bakgård. Då kunde man gå in bakvägen.

Vem som visat oss denna stängda bar och hur man kunde komma in i den minns jag inte. Men vi var inte många i kvarteret som kände till den, det var bara några av oss svenskar, och vi höll tyst om den.

Vi gick dit ibland när vi ville vara i fred för verkligheten. Inne på denna bar fanns inte verkligheten. Där fanns förutom hyllor med vinflaskor bara några bord och en ständigt eldad järnkamin som monsieur Alphonse satt tätt intill som om han ständigt frös. Han hade heller inte vare sig städat eller dammat sen han stängt stället. Men det var roligt att gå dit och man behövde aldrig säga något, man satte sig bara ner så kom han med en vinflaska och ett glas till var och en. Var man ensam fick man en flaska, var man tre fick man tre flaskor.

Dit hade alltså Gunnar tagit Michelle sedan hon lovat hålla tyst med vad han skulle visa henne. Sen hade de suttit där och pratat och naturligtvis hällt i sig var sin flaska av monsieur Alphonses goda vita vin.

De hade sedan köpt med sig en flaska vin när de väl tyckte det var dags att gå. Gunnar hade frågat: Vart ska vi nu gå med en flaska vin. Michelle hade då sagt att de naturligtvis skulle gå till Gunnars hotellrum, så han hade inte mycket val. Michelle bodde i en förort och Gunnar bodde på ett lopphotell ganska nära mitt.

Nu påstod Gunnar att han inte alls var beredd på vad som skulle hända. Han hade på hotellrummet korkat upp vinflaskan och hade sen hällt upp i det enda glas han ägde. Men Michelle ville inte ha mer vin. Hon sa, sa Gunnar, bara så här: Ska du inte kyssa mig och klä av mig.

Det hade han också gjort, fast antagligen inte så motvilligt som han nu ville göra gällande. Sen hade de legat i sängen hela kvällen och natten och morgonen till dess Michelle behagade åka hem.

Nu var han lite nedstämd för han tyckte sig ha svikit Paul men han sa också uppriktigt att han tänkte fortsätta med det så länge Michelle ville.

Det där ansåg jag helt och hållet vara Gunnars bekymmer fast jag inte fattade själva bekymret.

Sen när, sa jag, har vi börjat oroa oss för vilka tjejer vi går i säng med och vilkas tjejer de kan tänkas vara. Sluta med att ha dåligt samvete. Varpå naturligtvis Gunnar omedelbart slutade anklaga sig själv för bristande respekt för vad som brukar kallas anständighet.

Det andra bekymret var lite värre. Han hade med posten fått en tjugodollarsedel från nån tant han hade. Pengar gick att skicka i vanliga brev om man lade karbonpapper runt sedeln så ingen kunde lysa igenom kuverten, vilket man påstod att franska postverket hade för vana. Om det var sant eller inte vet jag inte, men de sedlar vi lyckades få från Sverige låg alltid i karbonpapper.

Det här är en lördag och bankerna är stängda så bekymret var hur vi skulle få sedeln växlad. En tjugodollarsedel var ingenting man visade upp hur som helst. Vi behövde pengarna. Mary hade visserligen betalat mitt hotellrum men Gunnar var skyldig för sitt och det hade man påpekat för honom.

Som jag en gång haft samma problem med en utländsk sedel en söndag, posten kom även söndagar, så visste jag råd. Jag sa att det enda stället i hela Paris där man växlade pengar då bankerna var stängda var vid Invaliddomen. I parken fanns en byggnad där flygresenärer tog bussen till Orly och därinne fanns ett växelkontor. Så dit skulle vi gå och sen skulle vi ju inte ha så långt kvar till Eiffeltornet.

Vi gick till den där flygterminalen, jag tror den kallades så, och Gunnar fick sina dollar växlade.

Med så mycket pengar som vi nu hade ansåg vi det väl futtigt att åka upp i Eiffeltornet. Vi beslöt att gå på Rodinmuseet som ligger i närheten. Det fann vi till vår glädje stängt, men vi hade i alla fall försökt vara kulturella. Det fick bli Eiffeltornet.

På vägen dit berättade jag att jag träffat Lars Forssell som sett mycket förbryllad ut sen han varit och talat med portieren på det lilla hotell där Henry Miller bodde. Han ville bara veta hurdan Henry Miller var som lyckats skriva ner så många erotiska eskapader i både Kräftans vändkrets och Stenbockens vändkrets. Han hade föreställt sig att Henry Miller kanske älskade på ett lika högljutt sätt som paret min städerska på Hôtel Nesle klagade på.

Portieren hade förklarat för Lasse att någon tystare och timidare person än Henry Miller knappt kunde tänkas. Lasse Forssell hade tyckt att det var ett mycket märkligt svar han fått. Det tyckte ju jag med, men Gunnar hade ingen åsikt om saken.

Vid Eiffeltornet var det denna vackra dag en så pass lång kö att varken Gunnar eller jag hade lust att stå i den, så vi gick upp mot Trocadéro och svängde sen ner mot Triumfbågen och vandrade den vänstra sidan av Champs-Élysées ner.

Då och då tog vi oss en öl och på ett ställe kom vi nästan i gräl med bartendern som frågade om vi inte ville ha en vad han kallade bot mot baksmälla, vilket skulle bestå av en kopp svart kaffe, en rå äggula och två aspirin. Vi sa båda åt bartendern att så botade man möjligen en baksmälla om man bodde här på högra stranden men att vi som bodde på den vänstra aldrig varit så bakfulla att vi behövt, eller kanske kunnat, bota det med vare sig svart kaffe eller torrfoder som aspirin. Dessutom var hans Hangover Breakfast dyrare än en middag på Gaudeamus.

Därefter tog vi närmaste metro till Odéon och satte oss på trottoarserveringen utanför Monaco där våra svenska väninnor Lena och Bibi redan satt.

Jag trodde någon av dem skulle säga nånting om Mary och Bob men det gjorde de aldrig.

Med ganska stor häpnad hörde de på när Gunnar och jag berättade att vi nästan varit på museum och nästan åkt upp i Eiffeltornet. De trodde oss inte vilket ju inte spelade nån roll.

Ändå frågade Bibi: Vad skulle ni uppe i Eiffeltornet att göra.

Vi vet inte, sa vi. Men man ska ha varit uppe i Eiffeltornet. Om man har varit i Paris.

Om man har varit i Paris, ja, sa Bibi. Men vi är i Paris.

Vi hade känt både Bibi och Lena bra länge. Båda hade fasta jobb. Var visste vi dock inte av den anledningen att vi aldrig kom oss för att fråga. Men Lena jobbade på nån ambassad tror jag och Bibi borde jag ju veta var hon jobbade. Hon hade hjälpt mig läsa korrektur på den bok som till hösten skulle göra mig stor och berömd och fri som Nils Ferlins lille konstnär.

Jag visste att hon hade jobbat åt Olle Strandberg som då skrev i Veckojournalen och var den som först skrev om fransmännens krig i Vietnam. Han hade avslöjat att fransmännen använde de tyska krigsfångarna och också frivilliga tyskar som vore det deras egna soldater. Det var det inte så många som trodde på då. De tyska soldaterna och officerarna var mer stridsvana än de franska var och behövdes nog. Olle Strandberg skrev om det och det har mig veterligt ingen annan gjort vare sig förr eller senare.

Han var välkänd i Paris där han alltid cyklade iförd rouléhatt, och när han sen drunknade i Stockholms skärgård så sörjde de som kände honom genom att hålla begravningsöl för honom på Tabac Saint-Michel. Det blev en mycket minnesvärd högtid.

Bibi hade också ett förflutet som sångerska på nån nattklubb. Vilken vet jag inte.

När jag fick mitt spaltkorrektur från förlaget tog jag det med till Monaco och frågade om nån visste vad man ville jag skulle göra med det och Bibi hade genast anmält sig. Vi läste sen korrekturet på mitt rum på Hôtel Nesle, för Bibi kunde alla tecken för det som skulle strykas, tilläggas och rättstavas.

Vi höll på nära en vecka. Det bar sig nämligen inte bättre än att just den veckan hade konjaksfirman Martell en reklamkampanj för nån ny konjakssort och praktiskt taget skänkte bort fickflaskor med denna nya produkt. Detta faktum hjälpte inte upp vår arbetstakt precis. Men vi hade roligt, tyvärr inte lika mycket åt mitt manuskript som vi hade i våra ganska långa konjakspauser.

Irländaren Paul har frågat efter dig, sa Lena till Gunnar.

Han vill nog inget särskilt, sa Gunnar. Det tror jag inte.

Det tror inte jag heller, sa Lena. Han var nog bara sällskapssjuk.

Paul kom så småningom och slog sig ner bredvid oss och han var faktiskt, till Gunnars och min lättnad, bara sällskapssjuk.

Det visade sig dock så småningom att han mycket väl visste om vad Gunnar haft för sig med hans Michelle för han hämnades genom att förföra Gunnars brasilianska tjej. Som hämnd var det inget vidare för Gunnar brydde sig inte om det. Att Gunnar inte brydde sig om det retade naturligtvis Paul ännu mer än att han bedragit och fortsatte att bedra honom med Michelle, som enligt Gunnar svurit på att Paul inte hade en aning om vad de höll på med.

Paul förkastade inte Michelle lika lite som Gunnar förkastade sin brasilianska.

Det var så den gången i den stora staden Paris. Stor och avlägsen och än en gång stor.

VIII

Bar Monaco var en liten trekantig lokal med bara några få bord och en bardisk och så åtta bord på trottoaren, men både ute och inne tycktes det få rum hur mycket folk som helst. Varför just denna lilla lokal valts till stamkrog för så många är alldeles gåtfullt. Men det kan ha berott på att författaren Richard Wright som bodde intill carrefour de l'Odéon valt den till sitt stamställe. Han var Monacos verkligt berömda gäst.

Richard Wright, som av sina intimaste vänner kallades Dick, satt vid samma bord inne i lokalen praktiskt taget hela dagarna och han föreföll inte intresserad av nånting annat än att titta på dem som kom och dem som gick och tjyvlyssna på vad som sades.

Richard Wright var ju negerförfattare, åtminstone sa man så då. De två andra något så när berömda negerförfattarna var Chester Himes och James Baldwin men de hade Café Tournon som stamställe.

När dessa tre herrar skulle träffas och dryfta något gemensamt problem gick de på Les deux Magots mitt emot kyrkan Saint-Germain-des-Prés, som bara låg några steg ifrån de då så litterärt berömda existentialisternas tillhåll Café de Flore.

Tar man i lite kan man nog säga att Bar Monaco var ett litterärt och konstnärligt tillhåll som helt övertagits av amerikanerna och slutligen också av oss skandinaver.

Där satt vi alltså denna lördagseftermiddag. Gunnar, Lena, Bibi och jag. Jag hade ju varit med Gunnar och växlat en tjugodollarsedel vilket inte betydde att Gunnar hade pengar, det betydde att vi hade pengar.

Gunnar och jag drack öl, Lena vitt vin och Bibi konjak och vatten.

Jag tror vi diskuterade så smått om vi inte skulle kosta på oss lite bättre mat än den som serverades på Gaudeamus, men vi enades om att vi nog ändå borde nöja oss med vad amerikanerna kallade Gaudeamus kattburgare. Det riktigt roliga i ordet kattburgare förstod åtminstone inte Gunnar och jag. I Sverige fanns det ingenting som hette hamburgare. I den tecknade serien Karl-Alfred äter alltid hans kompis Frasse hamburgare men enligt den svenska översättningen äter han parisare. En parisare var stekt malet kött lagt på en halv franska och med en äggula på, och det var det svenska ord som närmast kunde tänkas motsvara en hamburgare i dagens mening.

Amerikanerna drack Coca-Cola. Det gjorde naturligtvis vi också fast med rom i. Coca-Cola var oss då en okänd dryck som inte fick säljas i Sverige. Amerikanerna menade att det bästa sättet att starta en dag på var att dricka en eller två Coca-Cola. Vi skandinaver föredrog ett eller två glas öl.

De flesta amerikaner rökte inte Gauloises utan en cigarett som hette High Life och på franska uttalades I Liff.

Mycket skilde oss åt, men vi hade också mycket gemensamt. Man kan nog säga att vi grabbar bytte flickor med varann och att flickorna bytte grabbar med varann. Jag tror ingen generation levt ett så totalt fritt och till intet förpliktande kärleksliv som den generation som levde i femtiotalets Paris.

De som idag talar om det fria kärlekslivet och som påstår sig ha

fått ordentlig sexualupplysning och är aktsamma och rädda om varann har inte en aning om vad ett fritt kärleksliv är. Det kan kanske verka som om jag förolämpar den moderna ungdomen. Det är inte meningen, och en sak är säker och det är att jag inte avundas dem.

Nå. Gunnar, Lena och Bibi och jag gick alltså på Gaudeamus och åt kattburgare när den tiden på kvällen kom då det var dags att äta. Till det drack vi Husets rödvin som nån vinkännare påstod bara bestod av vatten, nittiofemprocentig sprit och torkat oxblod. Det var nog sant. Spillde man vinet på pappersduken blev det en röd fläck mitt i en stor ofägad vattenring.

Gaudeamus ägdes av ett äldre ryskt par och det var ingen stor restaurang. Någon fransman satte aldrig sin fot på denna krog så man kan nog påstå att amerikanerna och skandinaverna också övertagit den.

Av det ryska paret var mannen kock och frun serverade. Det fanns flera rätter att välja på, men alla rätter smakade likadant och hade de inte smakat likadant från början så gjorde de det efter det första glaset av vad de kallade Husets vin.

Vi satt där rätt länge den där lördagskvällen för Gunnar hade bestämt att vi skulle göra av med lite mer pengar. Det fanns ett ställe uppe vid Montparnasse som hette Viking och där fanns en stor jukebox, och det var ett stort ställe och där kunde man dansa. Vi skulle gå dit, eller vi skulle gå på Select eller på Dôme.

Vi diskuterade saken och mitt i denna allvarliga diskussion om var vi skulle göra av med de pengar som tyngde Gunnar och oss andra inkliver Big Ed och Diana Thompson på denna krog och sätter sig i närheten av oss efter att ha hälsat på oss. Big Ed presenterade Diana för oss alla. Han tycktes inte komma ihåg att han redan presenterat henne för mig. Men Diana kom ihåg.

När hon hälsade på mig sa hon: Hur många gånger ska vi två egentligen behöva bli presenterade för varann.

Innan vadå, sa jag.

Det undrar jag också, sa Diana. Innan vadå?

Det där tyckte Big Ed inte om. Han såg på mig som om han ville säga att den här tjejen rör du förbanne mig inte för då bryter jag armen av dig.

Big Ed hade i ett slagsmål utanför Bar Nesle faktiskt brutit armen av en jävligt elak nigerian. Och det i rent självförsvar, nigerianen hade pistol. Big Ed var tränad elitsoldat och kunde vara grym fast han var naiv och annars snäll som en skolgosse som fått en smula för mycket kristendomsundervisning.

Ed och Diana satte sig en bit ifrån oss som om de hade en hemlighet att diskutera och som om det i så fall skulle gå att hålla nånting hemligt i vårt kvarter.

Känner du den där negersnillan, sa Gunnar.

Så där, sa jag. Hon är sjuksyster och jobbar med Beata.

Vad fan väntar du på.

Ingenting, sa jag. Diana får vara ifred för min del. Det är inte min tjej.

Det är precis din tjej, sa Bibi. Du har bara för en gångs skull blivit feg.

Nej, sa jag. Jag har inte blivit feg, jag är inte intresserad. Inte av Diana.

Är inte du, sa Bibi.

Det törs inte fan vara intresserad av en tjej som Big Ed vaktar, sa jag.

Lena sa nånting om att det kanske rentav var Big Eds tjej men det trodde hon inte ens på själv. Tyvärr. Big Ed var oss alla en kär vän och var det nåt vi unnade honom så var det en tjej att hålla om.

Plötsligt kom Ed över till vårt bord och sa till Gunnar: Har du varit tillsammans med Michelle, irländarens flicka.

Varför tror du det, sa Gunnar.

Jag har hört det, sa Ed.

Du har hört fel, sa Gunnar. Tror du inte jag har det besvärligt nog som jag har det.

Vad menar du med besvärligt, sa Ed.

Jag menar bara vad jag säger, sa Gunnar. Besvärligt. Ta hit din tjej och sätt dig ner. Vi bjuder på vin. Vi bjuder på vad ni än vill dricka. Vi har en helvetes massa pengar. Ta hit Diana!

Hon är från Georgia, sa Big Ed.

Vilket innebär vad, sa Gunnar.

Att hon misstror vita, sa Bibi. Hon är sydstatstjej.

För Big Eds skull talade vi engelska av ren artighet. Så Big Ed sa till Bibi: Du har bara delvis rätt. Diana misstror ingen. Men jag är rädd om henne.

Jag har rätt, sa Bibi.

Gunnar och Lena och jag kunde inte annat än hålla med Bibi för Bibi hade varit ett helt år i Amerika. Hon hade stor erfarenhet och hade både ätit riktiga hamburgare och druckit riktig Coca-Cola. Hon var också något äldre än vi andra och hon var klok. Hon var i alla fall klok när det gällde sånt som krävde klokhet, vad det nu är. Och hon var inte rädd för nånting utom för att ha tråkigt. Men hon hade en egendomlig svaghet, hon blev förälskad i varenda kypare som lutade sig över henne med en vit handduk hängande över armen och en matsedel i hand. Hon sa själv att hon ibland rökte marijuana och det gjorde hon kanske, men ingen av oss andra visste vad marijuana var. Hon var vacker, och de kypare som lutade sig över henne var rätt chanslösa och fick finna sig i att efter jobbet bli förförda.

Jag har en gång hemma i Stockholm suttit vid bordet intill fyra av våra mycket begåvade författare och lyssnat på hur de talade om sin tid i Paris där de tydligen druckit märkesvin. De försökte ganska högljutt erinra sig det märke de föredrog när de drack rödvin.

Det var fyra unga och tveklöst mycket bra författare men när de diskuterat vinmärken ett tag så gick jag fram till dem och sa: Om ni kommer ihåg vad ni drack i Paris har ni ta mig fan inte varit där.

Det var inte av elakhet jag sa det, det var snarare för att jag höll på att falla i gråt över deras självklara kännedom om årgångsviner. Och varför jag sa det vet jag inte, ingen av dem hade gjort mig något ont.

De är nu alla med all rätt berömda men någonting i mig gör att jag knappast läser deras böcker. De har alla skrivit om Paris men det enda jag känner igen är vissa gatunamn.

Jag vet att det är dumt av mig.

Men för att nu återvända till Gaudeamus det år jag försöker ge en bild av så beställde vi in två flaskor Husets och Big Ed hämtade verkligen Diana.

Innan han gjorde det hade vi försäkrat Big Ed om att vi, Bibi undantagen, inte ens visste var Georgia låg och att det i vårt avlånga land inte fanns en enda negersnilla. Eller färgad tjej eller hur vi nu uttryckte oss.

Det fanns två negerkillar i Stockholm. En hette Charlie White och bodde i Årstadal utanför Stockholm så hela området Årstadal kallades negerkvarteret. Sen fanns det en som studerade på Tekniska högskolan. Han hette James Mosley och honom var jag bekant med och hade en gång bjudit med mig hem. Min mor som inte kunde tala engelska hade aldrig sett en neger och ganska darrhänt bjöd hon på kaffe. Hon utgick ifrån att om man talade tillräckligt högt så kunde en utlänning lättare förstå och plötsligt gapar hon med sina lungors fulla kraft: Vill niggern ha mer kaffe!

Det ville niggern och han tog inte illa upp. Han visste att min morsa aldrig tidigare sett nån färgad person.

Det är klart vi var intresserade av att snacka med Diana. En negertjej från Georgia. Ingen av oss var naturligtvis obekant vare sig med negrer eller negresser där i Paris. Men vi kom från ett land där inga negresser fanns, det var Ed tvungen att fatta.

Big Ed gick alltså för att hämta Diana, han hade bara fyra steg att gå, men Diana hade genast sagt att om vi ville bjuda henne och Ed på något skulle vi komma över till deras bord. Vilket vi gjorde.

Vi misstänkte att Diana inte riktigt litade på oss. Vilket hon ju inte heller hade anledning att göra.

Vi fyra svenskar litade helt och fullt på varann eftersom vi visste hur opålitliga vi var. Gunnar och jag var från Södermalm och vi båda hade den sanna söderkisens förmåga att vad som än hände se totalt ointresserad ut, det där man kallar att vara nonchalant. Det är en attityd som saknar betydelse, både Gunnar och jag både såg och hörde. Bibi var från Roslagsgatan och var bergsprängardotter, alltså var hon sibirientjej och tjejer från Sibirien har en öppen men lätt hård attityd till tillvaron. Vi var alltså stockholmare. Det var Lena också men från Bromma vilket förresten Svenolle Ehrén också var, så varken Lena eller Svenolle hade det lätt när de trängdes mellan Sibirien och Söder.

Lena var egentligen för Gunnar och mig lika exotisk som Diana var vad gällde ursprung. Georgia låg, antog vi, ganska nära Bromma. Enkelt sagt så låg Bromma utanför Gunnars och min intressesfär. Sibirientjejer ingav oss endast respekt.

Vi gick alltså över till Dianas bord och Gunnar bjöd på ett par flaskor Husets vin. Det var inget särskilt starkt vin men det var i alla fall rött. Och rödvin ska man ju dricka i Paris, dock inte enligt ett anslag på metrostationerna mer än tre liter om dagen. Drack man mer fick man ont i levern och vartenda Parisapotek sålde preparat mot leverbesvär som antagligen var farligare för levern än rödvin.

Häpet lyssnade vi därför till Diana, som bara ville ha ett glas av ryssvinet, när hon sa: Jag kan få ont i levern. Men det bästa var att hon samtidigt inte trodde på det själv utan skrattade sitt märkliga basporlande skratt.

Att jag inte då insåg att Diana var den enda kvinna jag någonsin skulle älska är gåtfullt. Det kanske ändå inte är så gåtfullt. Diana verkade mogen, vuxen och medveten på ett sätt jag inte kände igen.

J-223
AVANT L'AN 2000
MAASKANT
Reisen
BERLIN

IX

Jag vet inte riktigt hur länge vi satt på den lilla rysskrogen den där lördagskvällen. Men vi blev sittande längre än vi räknat med. Vi var nog alla, utom kanske Diana Thompson, lite klädsamt berusade. Vi började berätta skämtbitar för varann.

Big Ed började. Han hade just läst nån tidskrift han påstod sig prenumerera på och där hade han sett en teckning som föreställde en kille som står under en galge med repet om halsen och som då vänder sig till bödeln och säger: Det här kommer nog att lära mig en läxa.

Det tyckte vi ju var en bra skämtbit.

Men vi svenskar skulle väl också kunna bidra med nåt. Gunnar ville berätta en skämtbit han i sin tur lärt sig av nån amerikan och han fick börja medan Lena och Bibi och jag försökte komma på nåt som gick att översätta till engelska.

Gunnars berättelse var enkel och helt amerikansk. Det är en kille som varit i en fågelaffär och köpt sig en kanariefågel men den lilla fågeln har fallit död ned redan första dagen så han går in i en annan fågelaffär och frågar: Stoppar ni upp fåglar?

Javisst, säger fågelhandlaren.

Killen ger då fågelhandlaren sin döda kanariefågel och säger: Då kan du ta och stoppa upp den här fågeln i arslet.

Efter den historien kom Gunnar och jag i gräl för jag påstod att historien blivit bättre, vilket den ju blivit, om killen tagit sin döda fågel till den affär där han köpt den.

Det tyckte Gunnar var en grym anmärkning. Det är faktiskt inte så lätt att berätta skämtbitar på ett utländskt språk.

Kan du nån bättre, sa han.

Eftersom jag var den av oss som inte talade bara sämst franska utan även sämst engelska så försökte jag få Bibi att översätta texten under en gammal Albert Engström-teckning som föreställer en ilsken domare som ryter åt en till rättegång inkallad gammal kärring.

Domaren lutar sig över kärringen och vrålar: Ska du missbruka Guds namn ditt förbannade jävla gamla vedträ.

Bibi sa att det skulle låta alldeles obegripligt för nån annan än en som kände till Albert Engström och antagligen hade hon rätt. Bibi hade mestadels rätt i det hon sa.

Vi pratade naturligtvis svenska när vi diskuterade skämtbitar som kunde tänkas vara begripliga på engelska och vi var inne på alla möjliga skämt, det ena omöjligare än det andra att göra begripligt på engelska.

Till slut skrattade naturligtvis vi fyra svenskar så ögonen tårades på oss och vi var tvungna att av ren artighet försöka översätta nåt.

Jag sa då till Big Ed att vi skrattade åt en historia jag kunde fast vi inte var säkra på om den var begriplig på engelska men att jag skulle prova, och jag tillade att om de inte tyckte min historia var rolig så berodde det på språkförbistring.

Så jag berättade så här: Två killar går tillsammans in på en krog och sätter sig på var sin sida om ett ledigt bord. När så kyparen kommer med matsedeln säger den ene att han vill ha tio råa ägg.

Vad fan ska du beställa tio råa ägg för, säger den andre.

Han svarar: För det första har inte du med det att göra. För det andra gillar jag råa ägg. Och för det tredje behöver jag fylla pennan.

Då beställer den andre också in tio råa ägg och när han får in dem på en tallrik slår han sönder allihop med ena handen.

Vad fan gör du så för, säger då den förste.

För det första, säger den andre, har inte du med det att göra och för det andra hatar jag råa ägg och för det tredje har jag ingen att skriva till.

Min historia gjorde ingen större lycka vad jag minns, men Diana såg i alla fall ut som om hon begrep det tragiska i historien, jag tycker nämligen den är tragisk men ändå jävligt rolig.

Jag bad nu samtliga om ursäkt för mitt dåliga sätt att förmedla garanterat roliga historier. Jag tyckte nog att åtminstone Lena och Bibi kunnat le åt historien, men de avstod av artighet. Gunnar avstod från att begripa det roliga av ren hämnd och det med full rätt.

Vad vi visste var naturligtvis att ingen av oss hade kunnat förklara själva det roliga i det jag sagt för den storvuxne oskulden Big Ed.

Men Diana tittade på mig och jag tror, om det nu inte bara var inbillning, att hennes svarta ögon log.

Nån dag senare träffades vi helt apropå i metrostationen Odéon där jag skulle mot porte d'Orléans och gå av vid Vavin för ett möte på Select, och Diana skulle mot Clignancourt för att byta vid Châtelet för vidare befordran till Neuilly där Amerikanska sjukhuset låg.

Eftersom vi stod på samma perrong nere i metrostationen måste en av oss ha gått fel och det var jag. Vilket jag snabbt insåg, men jag hann i alla fall hälsa på Diana, och just innan hennes tåg kom sa hon: Du har väl ätit dina ägg idag. Då fattade jag inte vad hon menade. Och jag tänkte inte närmare på saken.

Jag skulle till Select för att möta Janne Trägårdh, den kille som visat Gunnar och mig den stängda vinbaren. Janne visste allt om små egendomliga kolkällare, bland annat den på rue Delambre där man kunde få en vodka och en riktigt ryskt inlagd gurka till ett pris vanliga krogar inte kunde hålla. Janne Trägårdh var i mina ögon en lat dagdrivare som ofta for till loppmarknader och påstod sig göra fynd. Att han en dag skulle bli rektor för Köpenhamns Konstfack och en världsberömd designer av bland annat de första bärbara telefonerna hade han aldrig då kunnat få mig att tro.

Att jag inte riktigt förstod vad Diana menade när hon frågade om jag ätit mina ägg berodde på att en fransk firma som sålde något näringsrikt annonserade med en för oss svenskar rolig slogan: Har du fått ditt järn idag? Varför just denna slogan var så rolig kunde vi aldrig förklara och den blir inte rolig på något annat språk än svenska.

Diana hade alltså både hört på och förstått min roliga historia, men hon visade det inte den kvällen på Gaudeamus. Men hon bidrog med en egen skämtbit som handlade om en kille som får syn på en annan kille klädd i kväkarhatt och kväkarkostym.

Han går fram till kväkaren och frågar: Är du kväkare?

Jag? säger killen.

Säg nånting på kväkiska, säger då han som frågat.

Kväkaren tänker och sen säger han: Fuck thee!

Det är egentligen en skämtbit som bör berättas på engelska, den blir roligare då och både Gunnar och jag som jobbat i lag med kväkare hade roligt åt det Diana sa. Big Ed verkade mest häpen över att Diana kunde ett fult ord. Men var det något amerikanerna lärt oss säga så var det Fuck you.

Det här var ju innan man fick använda fula ord i filmer, och Clark Gables sista replik i Borta med vinden var det fulaste som sagts på film av en gentleman till en dam som Scarlett O'Hara: I don't give a damn.

Bibi berättar så om en liten kille som kommer in på ett apotek och beställer ett glas vatten, huvudvärkspulver och två kondomer. Sen sväljer han sin beställning med vattnets hjälp och förklarar för apotekaren att han har en sån jävla fucking huvudvärk. Det där försökte vi i alla fall tycka var en absolut praktfull skämtbit. Och framför allt visade vi att fula ord inte heller var särskilt främmande för skandinaviska damer.

Amerikanerna som dominerade kvarteret hade nog vad man kallar en chevaleresk inställning till sina landsmaninnor. Vi skandinaver var vänner med varann på ett helt annat sätt och vi älskade varann, respekterade varann och lyssnade på varann. Det spelade ingen roll om vi var pojkar eller flickor och vi var faktiskt en smula beundrade för att vi inte gjorde skillnad mellan män och kvinnor. Vi killar var aldrig stöddiga mot våra tjejer och vi var inte stöddiga mot några andra tjejer heller. En del amerikanska pojkar missuppfattade detta och trodde att de skandinaviska flickorna var fria byten, men de lärde sig snart att så var jävlar anamma inte fallet. Jag vet att någon amerikan på begäran fått följa med en av de danska sjuksystrarna hem, vilket han tog som en inbjudan att rulla runt med henne i sänghalmen. När kvällen inte slutade så blev han så förbannad att han gav danskan en örfil i ren besvikelse. De danska sjuksystrarna kom då till Bar Monaco en kväll i samlad tropp och tog med amerikanen mitt ut på carrefour de l'Odéon och spöade upp honom och sa åt honom att han inte en gång till skulle visa sig i kvarteret.

Det var gott om amerikaner på Monaco den kvällen som fick sig en tankeställare då deras landsman förnedrades av så många vackra flickor, och i fortsättningen visade de respekt även mot sina landsmaninnor. Trots att de nästan alla varit tuffa soldater försökte de förstå hur vi bevisligen omoraliska skandinaver samtidigt kunde vara såna stenhårda moralister.

Big Ed var en mycket trevlig person, det tyckte vi alla. Han var hjärtesnäll. Han älskade oss skandinaver av den anledningen att vi var en gåta för honom. Jag hade berättat för Bibi att han varit färdig att gå på horhus för att bli av med sin svendom men att jag sagt att han då skulle ångra sig i hela sitt liv.

Vi får lov att ordna det åt honom, sa Bibi. Big Ed har charm men han är så jävla tafatt. Jag ska fråga runt lite, många flickor tycker om att ha varit den första.

Jag har ett förslag, sa jag. Jag ska snacka med Beata.

Vi sitter fortfarande på Gaudeamus, men snart tar våra små skämtbitar slut och Gunnar reser sig och säger: Till Dôme.

Vi gick genom Paris till Dôme och jag önskade jag visste något om Georgia. Av nån anledning visste jag att man odlade jordnötter i Georgia men innan dess bomull.

När vi gått nästan hela vägen till Dôme, vi gick vägen boulevard Saint-Michel rätt upp mot Strindbergs absintkrog Closerie des Lilas och sen boulevard Montparnasse, lyckades jag komma på att huvudstaden i Georgia är Atlanta och att i Borta med vinden ropar någon förtvivlad: Atlanta brinner!

Så jag sa till Diana: Atlanta brinner! Och det tog hon som kvällens stora skämt och äntligen fick jag höra det där skrattet igen som rörde mitt hjärta.

Dessutom började jag erinra mig Erskine Caldwells bok Tobaksvägen som jag också sett som pjäs och en novell av Caldwell som heter Jackpot och handlar om en negerflicka som plockar jordgubbar och någon krossar en jordgubbe mot hennes bröst. Jag förstod aldrig riktigt den novellen men jag började önska att jag kunde få krossa en jordgubbe mot Dianas bröst eller varför inte två.

Erskine Caldwell var född i Georgia och han var berömd för att han skildrade Georgias proletariat och proletariatet var naturligtvis de med Dianas hudfärg.

Jag hade alltså läst Caldwell och borde komma ihåg mer än jag gjorde men jag sa inget om det utan beslöt försöka få tag i nån av hans böcker om inte annat så i den berömda bokhandeln Shakespeare and Company.

Nu ropade jag bara: Atlanta brinner! ännu en gång men det var bara Diana som sett Borta med vinden. Jag hade sett den, men framför allt hade jag läst att de första scenerna till den filmen spelades in just då Atlanta brann och det innan Clark Gables motspelerska var utsedd.

Sen satt vi ute på Dôme och Gunnar bjöd på vad vi ville ha.

Av en händelse kom det in en fruktodlare som fått fram ett jättestort äpple, ett vad man då kallade kromosomäpple, och det la han på bardisken. För att skryta antar jag. Det där märkte en stor svart tjej från Martinique som hade Paris största bröst. Hon gick fram till mannen med det stora äpplet, tog av sig på överkroppen och la sina två bröst, vart och ett dubbelt så stort som äpplet, bredvid äpplet. Äpplet hade ingen chans.

Det hade inte äppelodlaren heller så han bjöd henne på en Pernod till alla andra gästers stora glädje, och vi förundrades: vad allt kunde inte hända i Paris.

Sen skildes vi väl alla åt. Jag vaknade i alla fall nästa dag ensam.

X

Jag hade alltså träffat Diana Thompson under en kort minut då ödet lurat ner mig på fel plattform i metro Odéon. Om jag nu hade velat henne något, till exempel stämma träff med henne nånstans, hade jag inte hunnit det och jag vet inte heller om jag verkligen hade vågat föreslå att vi skulle ses på Bar Nesle eller så.

Hon var vacker på ett för mig främmande sätt. Hennes kloka svarta ögon skrämde mig och ändå hade jag ju ingen som helst anledning att vara rädd för en tjugofemårig tjej var hon än kom ifrån och vilken hudfärg hon än hade.

Jag var minsann inte rädd för flickor, men om det nu inte var rädsla så var det ändå något annat än brist på tid som hade hindrat mig från att föreslå en träff.

Tror jag.

Men när hennes tåg for iväg och jag bytte plattform tror jag inte ens jag tänkte på henne.

När jag klev av vid metro Vavin uppe i Montparnasse och gick till Select hade Janne Trägårdh inte kommit så jag ställde mig utanför och väntade på honom. Han kom ganska snart och vi behövde inte ha någon längre diskussion om att vi nog skulle gå till kolkällaren på rue Delambre, där Janne visste att man kunde få ett glas vodka och en saltgurka för samma pris som en öl på Select.

Janne föreföll lat men han hade ögon och öron öppna för allt och han hade redan då jag for till Kalabrien sagt åt mig att Bob kommer att sticka med Mary. Det var något jag inte lyssnade på.

Den ryska kolkällaren som vi kallade den låg bara en bit in på rue Delambre och om man vill kan man säga att den låg litterärt till. Den låg praktiskt taget under den affär där August Strindberg köpte de ostar han ansåg läckrast och den affären finns kvar än i dag.

Janne och jag gick alltså ner i rysskällaren där gubben Iljanov sålde kol, koks, små vedknippen och fotogen. Samt, om man kände till det, hemkörd vodka och egenhändigt och förnämligt inlagda gurkor.

Man fick vodkan i det enda glas han ägde och det var ett spetsglas utan fot så man fick ta vodkan i ett svep och överlämna glaset till nästa kund. Just nu var kunderna Janne och jag.

Gubben Iljanov var på dåligt humör och det sa han berodde på att värmen var på väg och det därför skulle bli klent med affärerna nu till sommaren. Vi hade då ett uttryck i Stockholm för detta som inte längre är begripligt. Gick man nånstans där det var lite folk sa man: Här är tomt som i en vedkällare om sommaren.

Jag hade innan jag gick på Konstakademien några kvällar i veckan försökt lära mig ryska men med mycket klent resultat. Det enda som fastnat och som jag verkligen kunde säga på ryska var en replikväxling som på svenska går så här:

I dag blir det storm!
Varför tror du det?
Om barometern faller blir det storm.
Har barometern fallit?
Ja, den har fallit i golvet och gått sönder.

Det kan verka som om det där inte är mycket att kunna på ryska men det roade gamle Iljanov när jag väl kommit till den andra repliken.

Efter andra världskrigets slut hade jag tillbringat många månader i Östeuropa och jag hade ofta varit på ryska soldatkrogar. Det var på de krogarna lika lätt att komma i bråk med nån full ung soldat som det var på de amerikanska. De besökte varandras krogar bara för att få slåss, verkade det som.

Om nån ryss fick för sig att slåss med mig sa jag bara med fast stämma: I dag blir det storm.

De enkla orden hade två betydelser. I dag blir det storm betydde också att nu jävlar anamma ska vi slåss alla mot alla. Sa man till kyparen, om man nu tyckte han nonchalerade en när man ville beställa en öl, att i dag blir det storm, så fick man ölen omedelbart. Ingen krogägare ville ha sina möbler sönderslagna.

Meningen Varför tror du det var också en bra mening att kunna. Någon ung ryss kunde komma fram till en om man satt ensam och börja berätta nånting med tårade ögon och det var bara att lyssna. Man kan utgå från att en soldat som befinner sig långt hemifrån antingen berättar om sin flickvän eller påstår något.

Sa man då: Varför tror du det, så tystnade han och föll i grubbel eller försökte förklara varför han trodde det. Det han just sagt alltså.

Ivan som blev utvisad från sitt kära Sorbonne hade tränat mig på replikskiftet så jag kunde dra hela denna ryska skämtbit, om det nu är rätt att kalla den så, på Leningraddialekt.

Janne och jag drack vår vodka och åt vår saltgurka och gubben blev så upplivad att han sjöng den ryska sång som vi på svenska kallar Entonigt ringer den lilla klockan. Sen gick vi på Select och drack öl och väntade på Gunnar.

Om Janne nu var en smula imponerad av att jag talade så flytande ryska så överträffade han mig genom att påstå att han på loppmarknaden hittat en målning av Reidar Aulie, en norsk konstnär som målade ungefär som Sven Erixson. De två var också vänner. Janne hade köpt målningen för rampriset och om den nu var äkta så hade han faktiskt gjort ett fynd.

Janne hade tidigt denna söndagsmorgon rest ut till loppmarknaden vid Clignancourt och att Iljanov hade sin vedkällare öppen måste ha berott på att han bodde där. Han hade stängt måndagar som de flesta smårestauranger och då duschade antagligen gubben för han såg ut som om han brukade sova i nån av sina kolhögar.

Det var söndag vad jag minns. Och det var vår.

Jag hade fått pengar, Janne hade fått pengar och Gunnar som snart anlände i sällskap med en finlandssvenska som hette Monica hade fått pengar, och hade Gunnar eventuellt inte fått pengar så hade Monica, som var rik, alltid pengar.

Det var alltså söndag och vår och vi satt på Selects uteservering i Montparnasse i Paris och mycket mer kan man inte begära. Denna dag var vi också alla rika vilket vi visade omvärlden genom att dricka danskt öl, Carlsberg, på flaska. Det var dyrare än det franska fatölet och vi inbillade oss att det var både godare och starkare. Starkare är det möjligen och dyrare, men det är inte godare. Men med varsin flaska Carlsberg framför oss föreföll det oss som om vi hade råd att beställa in vad som föll oss in.

Monica som var något yngre än vi andra gick på en fransk skola och var verkligen rik. Hon hade en egendomlig dragning till utfattiga gitarrspelande bohemer dit hon nog inte räknade oss, men vi

kunde ändå helt lita på att hon lånade oss pengar i ekonomiska nödsituationer eller gav oss pengar, för hon var inte snål.

Hon tyckte om oss, men av oss svenskar var hon mest fäst vid Gunnar. Hon hade läst Antoine de Saint-Exupérys Lille prinsen och den höll hon på med att översätta till svenska, vilket måste ha berott på att det då inte fanns någon svensk översättning. Hon tillbringade timmar varje dag med att översätta boken och varje stycke hon lyckats skriva ner hade hon fått för sig att Gunnar skulle läsa. Han var tvungen att läsa den, för Monica förhörde sig alltid om vad han tyckte. Hur bra en bok än är, är det inte roligt att läsa den av ren artighet, och när detta pågått tillräckligt länge tyckte han naturligtvis ingenting, men det erkände han nog aldrig för Monica.

Vi väntade nu också på Svenolle Ehrén, jag hade lagt en lapp på hans hotell, det verkligt miserabla Hôtel Monsieur-le-Prince, att vi skulle finnas på Select när han vaknade och det visste jag ju inte när det kunde tänkas bli. Han hade då en judisk tjej från Sydafrika att se till. Hon kom från ett hemligt möte mellan vita och färgade och indiska och judiska kommunister som hållit ett av Sydafrikas regering förbjudet möte, och vi hade några av oss hjälpt dem till Warszawa med falska inresetillstånd så de skulle slippa stämplar i sina pass. Det var naturligtvis de franska ungkommunisterna som hjälpt dem, men Svenolle som var svensk ungkommunist blev indragen i det hela och med Svenolle även jag. Det var ingenting som utsatte oss för nån fara fast det kan låta så.

Här passar det mig att rätta till en mening i Carl Fredrik Reuterswärds självbiografi Charlie Lavendel. Där skriver han att han plockade upp mig med en taxi utanför Monaco och körde mig till en adress på rue de Balzac uppe vid Triumfbågen och att jag där lämnade något, och det kan verka som om jag fraktade narkotika. Det var i själva verket en liten bunt falska inresetillstånd till Polen som sydafrikanerna skulle ha. Det var ingenting jag ville tala om för någon. Det var förresten ingenting att tala om.

Flickan från Sydafrika hette Molly och Svenolle hade blivit bekant med henne sen hon kommit tillbaka från Warszawa. Hans uppdrag var nu att om nån dag se till att hon kom på tåget från Paris till Israel.

Jag visste att de tyckte om varann och jag visste också att Svenolle skulle bjuda henne på avskedsmiddag på La Coupole mitt emot Select. La Coupole serverade enligt Svenolle Paris bästa njurstuvning. Avskedsmiddagen antog jag skulle bestå av ett dussin ostron och njurstuvning och ett gott vin.

Svenolle visste att jag inte tyckte om La Coupole. Det var ett för mig alltför stort och gapigt ställe, men det var ett populärt ställe och är så än i dag. Det är väl Select med för den delen. Le Dôme har byggt om och är det inte.

Vad jag vet.

Monicas verkliga skyddsling var en färgad kille från Brittiska Guinea som kommit till Stockholm och lärt sig svenska. Svenolle och jag kände honom väl. När vi gick de sista åren på Konstakademien gick vi ofta på restaurang Prinsen och där sjöng en kille som hette Tutchie Grant. Tutchie Grant kom till Paris och rörde sig i våra kvarter och för Svenolle och mig var det ett glatt återseende. Dels för att han var en bra vän och dels för att han hade två mycket söta och kolsvarta flickor från Kingston på Jamaica som sina trogna vapendragare. Det var flickor vi hade en hel del glädje av.

Var han sjöng i Paris eller om han sjöng nånstans i Paris vet jag inte men Monica hade tagit honom under sina rika vingars skugga och jag tror hon gav honom ett månatligt underhåll. Hon var verkligen mer än generös och det brukar rika flickor inte vara.

Ett tag trodde jag hon skulle gifta sig med Tutchie, nu när hennes finska väninna Peggy åkt hem och gift sig. De gick på samma skola i Paris och var oskiljaktiga men nu hade hon blivit ensam.

Om hon nu hade lust att spendera pengar på Tutchie Grant så var det nånting som inte angick oss andra. Vad jag vet reste de sen till Stockholm tillsammans där Tutchie återupptog sjungandet, och Monica fortsatte till Helsingfors och gifte sig självklart rikt.

Tutchie levde sen resten av sitt liv i Stockholm och när han blev äldre sjöng han på ålderdomshem och sjukhus. Han ligger utströdd i Skogskyrkogårdens minneslund.

Svenolle kom naturligtvis så småningom med sin Molly och de såg, eller Svenolle såg, att eftersom vi drack danskt flasköl var ingen av oss under isen, men han insåg att vi hade behövt alla de pengar han hade för att ge Molly en överdådig avskedsmiddag. Vi andra åtog oss att se till att de två också fick flasköl och kunde sitta i vårvärmen och se unga, vackra och begåvade ut.

Plötsligt säger Gunnar: Hur hade du det med Diana, eller rättare sagt sa han: Hur har du det med Diana.

Vilken Diana, sa Janne som självklart fick för sig att han missat något.

Det är en tjej från Georgia, sa Gunnar.

Det är inte alls längesen jag skildes från Diana, sa jag. Jag lämnade henne vid metro Odéon. Hon skulle till Neuilly. Hon jobbar på Amerikanska sjukhuset, hon som dom danska tjejerna.

Jag träffade Beata i går, sa Monica. Hon skulle ända till Los Angeles med en gammal amerikanska. Hon trodde hon kanske skulle vara borta en vecka.

Ut med språket, sa Janne. Vem fan är Diana och framför allt vems tjej är det.

Min, sa jag.

Nu sa Gunnar något konstigt för att få slut på frågandet om Diana Thompson.

Jag fick en svensk veckotidning med posten häromdan, sa han.

Där stod det något om Greta Garbo och Paris. Det stod att Greta Garbo påstått att Paris var ingenting att vara i och framför allt fanns där ingenting att se. Det enda vackra hon sett var Napoleons grav.

Jag har beslutat oss för att vi en dag går och tittar på den. Greta Garbo och jag är nästan från samma gata vid Allhelgonalunden. Det hon gillar gillar nog jag.

Napoleons grav är väl för fan inget att se, sa Janne.

Om Greta Garbo säger att den är nåt att se så är den nåt att se, sa Gunnar.

Jag håller med Gunnar, sa jag. Häromdan var vi nära att åka upp i Eiffeltornet.

Har ni blivit turister, sa Janne.

Vi är turister, sa jag. Vad skulle vi annars vara.

Bohemer, sa Monica. Vilket vi alla tyckte var jävligt dumt sagt. Och det var det ju.

Svenolle och Molly gick över till La Coupole. Vi andra satt malliga kvar och drack det danska flaskölet.

XI

Det gick några dagar och utan att jag direkt frågade efter Diana Thompson letade jag efter henne på våra tillhåll. Jag hittade henne inte. Däremot träffade jag Beata på Monaco. Hon var just återkommen från Los Angeles. Beata tycktes förstå att jag letade efter nån och frågade vem. Jag sa att jag letade efter negerflickan vi hälsat på som hastigast en dag utanför Select.

Diana Thompson, sa Beata.

Ja, sa jag.

Varför letar du efter henne här i kvarteret, sa Beata. Hon bor på nån gata bakom Trocadéro, rue Victor Hugo tror jag. Hon hyr en takvåning stor som en garderob högst uppe under en takås. Jag har varit där en gång men jag skulle inte hitta tillbaka så krångligt ligger den. Porten hon bor i skulle jag kunna hitta men för att komma till hennes lilla kyffe måste man gå genom konstiga korridorer och till och med över ett tak.

Vad vill du henne förresten?

Är vi inte alla här i kvarteret mer eller mindre förälskade, sa jag, och eftersom jag just nu inte har någon att vara förälskad i har jag valt Diana. Så om du ser henne så säg att jag bor på samma hotell som du fast på fem trappor, jag utgår ifrån att hon vet var du bor. Kommer hon förbi kan hon ju alltid knacka.

Varför skulle hon knacka på din dörr, sa Beata.

Om jag nu är förälskad i Diana anser jag det uteslutet att hon inte är förälskad i mig, sa jag.

Jag tror du kan glömma Diana, sa Beata. Har inte du tillräckligt trassel med damer.

Sen försökte jag fråga Beata lite om Los Angeles men hon sa bara att hon fraktat dit en mycket sjuk dam och vänt. Hennes jobb kanske var att omedelbart vända tillbaka till Paris, men hade jag fraktat en klen gamling över Atlanten och den amerikanska kontinenten till Los Angeles hade jag nog tillbringat nån dag med att se mig omkring. Jag hade åkt direkt till Hollywood bara för att kunna säga att jag varit där.

Så går det ännu några dagar eller kanske framför allt nätter, som om vi alla kommit in i en livsrytm som möjligen krävde något av dem som hade fasta jobb men absolut ingenting av oss andra. Jag hade kanske kallat mig frilansare om ordet i mina öron inte fått en dålig klang sen jag en morgon skulle från mitt Söder till Klara och nog i ärlighetens namn var en smula trött. Jag kom att sitta mitt emot två damer som glodde på mig varpå den ena säger: Usch, han ser ut som en riktig frilansare.

Till saken hör att vi som skulle leverera i Tidnings-Klara var tvungna att göra det före tolv om vi ville ha betalt samma dag. Vilket vi ville. Den här morgonen hade jag lyckats åstadkomma en av mina bästa illustrationer någonsin till en novell av en amerikansk författarinna vars namn jag tyvärr glömt men som handlade om en kvinna som ska jorda sin älskades askurna och hade titeln: Killen i krukan heter Georg.

Halva natten hade jag kämpat med teckningen så jag var mer än trött. Inte bakfull, för skulle man bli bakfull i Stockholm fick man faktiskt anstränga sig i spritransoneringens tider. För att bli bakfull i Paris behövde man inte göra något större våld på sin fantasi.

Jag träffade på den redaktion i Klara jag skulle leverera till tecknaren Birger Lundquist, som just blivit mycket hyllad för sina illustrationer till Erskine Caldwells Son av Georgia. Jag tror till och med att han fick ett amerikanskt pris.

Birger Lundquist såg denna morgon inte ut som en frilansare men så hade han heller inte behövt halva natten för att göra en teckning till James Cains Blindstyre, en bild i en bok som kom att döpas om till Postmannen ringer alltid två gånger när den kom på film andra gången med Jack Nicholson. Första gången den filmades, med John Garfield, tror jag den helt enkelt hette Brevbäraren ringer alltid två gånger.

Det hör knappast hit men nog önskade jag att jag hade haft Son av Georgia med Birgers illustrationer som sällskap den morgon så där vid elvatiden då jag ligger på mitt hotellrum i Paris och grubblar. Det vill säga inte på nån kvinna utan på nånting jag kan skriva om.

En bra bok är sällskap nog om man behöver en idé.

Då knackar det på min dörr.

Det första jag tänker är att det inte kan vara polisen, det är inte deras tid på dan, och det kan knappast vara städerskan.

Vem kan det vara. Vi letar aldrig efter varann på våra respektive hotellrum, det är en tyst överenskommelse. Har Beata lyckats övertala Diana Thompson att besöka mig på hotellrummet? Knappast.

När jag öppnade dörren stod ingen mindre än författaren Gustaf Rune Eriks utanför och sa hej som om vi brukade mötas på detta vis varje morgon. Jag hade inte sett Gustaf Rune på många år men vi var gamla vänner och han var en av mina förebilder då det gällde att skriva noveller som tilldrog sig i mitt område och hans hemma på Södermalm. Han var tio år äldre än jag men han hade en suverän ung stil, inte bara när han skrev. Han gick som en vältränad mellanviktare eller som en dansare.

Jag sitter på hörnfiket, sa han. Kom dit. Jag beställer en öl åt dig.

Att han hade min Parisadress var inte konstigt, den hade varenda tidskriftsredaktör i Klara.

Det tog mig inte lång tid att infinna mig på Bar Nesle, där Gustaf Rune Eriks stillsamt satt i ett hörn med ett par öl framför sig och med eleganta gester rökte en cigarett.

Jaså, du har tagit Parissemester, sa jag. Du är väl här för att lyssna på jazz, alla de stora jazznamnen spelar nånstans i stan.

Jag är här på jobb, sa han. Jag var uppe på radion för en tid sen och läste in en grej. En grej jag skrivit. Eftersom jag läser en jävla massa noveller och är mer eller mindre expert på de nya amerikanerna så påstod jag att Chester Himes var den som skulle bli den störste av dom alla, men Chester Himes var det ingen som kände till utom en som hört namnet och visste att han bodde i Paris. Nånstans runt Odéon.

Eftersom jag visste att du varit här länge och jag hade fått din adress av Fogelström så såg jag på kartan, Pariskartan alltså, att du också bodde kring Odéon. Jag visste också att om du var här så kände du till varenda liten bar och kunde hjälpa mig leta upp Chester Himes. Jag vill intervjua honom eller kanske bara säga åt honom hur bra han är. Du kan ju teckna ett porträtt av honom.

Jag sa till Gustaf Rune Eriks nåt i den här stilen: Jag har träffat Chester Himes och vet på ett ungefär vad han har för stamhak, men jag vet inte om jag känner honom så pass att jag kan se till att ni två träffas. Men jag känner en negersnilla från Georgia som om jag får tag i henne, hon heter Diana Thompson, säkert känner Chester

Himes. Hon känner alla. Hon känner Chester. Hon är snygg som fan och inte så lätt att få tag i, men jag ska försöka. Hon är sjuksyster och jobbar oregelbundet men när hon är ledig så håller hon till här i kvarteret.

Varför Chester Himes, frågade jag sen. Vad jag vet skriver han inga noveller. Han skriver filmmanus. Man säger till och med att han skriver rätt dåliga filmmanus där det enda originella är att snutarna är negrer.

Han är just nu Amerikas främste novellist, sa Gustaf Rune. Lita på mig.

Jag litar på dig, sa jag. Och jag ska med glädje teckna av honom.

När vi druckit våra öl gick vi sen sakta upp mot Monaco. Vi var tvungna att gå sakta, trottoaren var full av sopor. Sopåkarna strejkade.

På Bar Monaco satte vi oss på trottoarserveringen och intog ännu en öl och jag sa åt Gustaf Rune Eriks att här kunde han alltid träffa mig. Här håller vi alla till, fast det är lite för tidigt på dan ännu. Men senare på dan träffar du alltid här nån du känner.

Och så frågade jag var han bodde så jag kunde meddela honom när jag ordnat det möte han bett om.

Han bodde i källarvåningen på det hotell som då låg mitt emot Café Tournon, så jag hade ju kunnat säga att han bara behövde gå in på caféet som låg tvärs över gatan från hans hotell om han ville träffa Chester Himes, men det sa jag inte.

Jag skulle med Dianas hjälp först leta upp Chester Himes. Jag skulle nu när jag träffade Beata ha en verklig anledning att be henne säga till Diana att jag behövde henne.

Att Gustaf Rune Eriks bodde på det där hotellet vars namn fallit mig ur minnet tydde i alla fall på att han inte hade så värst mycket kapital. Men hade jag vetat hur han skaffat respengar och det kapital han hade vet jag inte hur jag reagerat.

Han berättade senare för mig att han en natt skrivit en alldeles oslagbart bra novell. Han hade ägnat hela nästa förmiddag åt att gå från redaktion till redaktion och fått novellen såld till de flesta tidningar och tidskrifter vars redaktioner låg tätt i Tidnings-Klara. Han hade fått ut honorar från dem alla och sen helt enkelt gått till Centralen och köpt sig en enkel biljett till Paris.

Att göra så var att stänga sig själv ute från varenda redaktion. Han skulle bli bojkottad när de upptäckte att de alla i samma veckas nummer hade samma novell. Och jag tror faktiskt att det var det sista Gustaf Rune Eriks publicerade. I nån tidning i varje fall. En bok med hans samlade noveller tror jag Cavefors gav ut på sitt Malmöförlag.

Till den här historien hör att vi hade en svensk ung dam i kvarteret som vi kallade Lilla Ängeln. Hon var kort och tjock och med bästa vilja i världen kunde man inte kalla henne vacker.

Lilla Ängeln påstod att hon sjöng till eget gitarrackompanjemang på en nattklubb nånstans på högra sidan Seine. Det var ingenting vi någonsin försökte ta reda på om det var sant eller inte. Men mest höll hon till i kvarteret med en lika ful och lika tjock men något längre danska.

Danskan hade en liten snäll och smal amerikan till fästman men Lilla Ängeln var alla amerikaners fästmö. Hennes hotellsäng stod alltid bäddad för den som var tillräckligt omtöcknad av sprit eller av själva tillvaron för att följa med henne. Det fanns de som sov över hos henne flera gånger, men jag tror inte de ens kände igen henne när de var nyktra, om de nu någonsin var det.

Det var ju ingenting vi andra hade med att göra. För oss fick Lilla Ängeln sova med vem hon önskade men ibland undrade vi faktiskt vem som kunde tänkas önska sova med henne.

Jag vill på inget sätt tala illa om Lilla Ängeln, som person var hon både snäll och vänlig och generös. Och att jag nu berättar att hon fanns beror på att hon kom att spela en viss roll i den intervju jag skulle ordna mellan Gustaf Rune Eriks och Chester Himes.

När jag träffade Beata och bad henne be Diana hjälpa mig vägrade hon. Hon sa att om jag var förtjust i Diana så var det fel sätt att bli närmare bekant med henne. Det skulle också visa sig att Beata hade alldeles rätt.

Men Beata sa också: Lugna dig lite. Jag ska ordna så ni ses. Om Beata lovat det så skulle hon hålla sitt löfte.

Jag höll också mitt löfte till Gustaf Rune Eriks. På kvällen letade jag upp Chester Himes, som såg ung och snäll ut trots att han nog var fyrtiofem år och kanske lite till. Han trodde på att jag nog visste vad jag talade om när jag berömde Gustaf Rune Eriks för att vara svensk mästare i kortprosa och sa att denne mästare ansåg Chester vara amerikansk mästare i samma svåra genre. Jag sa också att Gustaf Rune Eriks var en suverän översättare av just de amerikanska novellisterna.

Chester Himes lovade låta sig intervjuas och för att de skulle få vara i fred föreslog han Café Old Navy på boulevard Saint-Germain. Det låg före kyrkan Saint-Germain-des-Prés och var också ett café amerikanerna övertagit, men Old Navy var inte populärt bland de lite mognare intellektuella.

Glad över min insats gick jag till Gustaf Runes hotell för att meddela honom plats och tidpunkt. Jag hittade hans rum som låg i källaren i slutet av en lång korridor som han sagt.

Jag fann honom liggande i ljusblå pyjamas med några anteckningspapper på en stol vid sängen och en nyvässad blyertspenna på de vita arken. Han skulle just börja på en novell.

Tyvärr var han rätt berusad. I ena handen höll han en rödvinsflaska som han halvsittande i sängen då och då tog en klunk ur och i andra handen en toffel som han mellan vinklunkarna kräktes en smula i, och så tänkte han ligga. Hans novellidé var viktigare än intervjun med Chester Himes, åtminstone just då. När han tänkte kliva ur sängen visste han inte.

Det möte jag ordnat skulle ha ägt rum ganska tidigt nästa morgon på Old Navy och dit gick jag naturligtvis. Jag skulle just försöka tala om för Chester Himes att den store svenske författaren kände sig sjuk och ville uppskjuta mötet när jag såg att han om möjligt mådde ännu sämre än Gustaf Rune. Han berättade att han kvällen innan lyckats berusa sig på vad han trodde måste varit förgiftad calvados som fått honom att bli totalt omdömeslös. Han hade nämligen vaknat i ett rum han inte kände igen, vilket säkert inte var första gången, men denna gång fann han att i samma säng låg vår Lilla Ängel som han beskrev som en smällfet vit säl som legat uppspolad på en öde sandstrand i minst en vecka. Upptäckten av hur Lilla Ängeln såg ut naken hade så till den grad chockat honom att han kastat sig ut i tillvaron och på närmaste café hällt i sig en tredubbel rom. Han hade beslutat att inte ha med nån mer främling, författare eller ej, att göra. Kunde jag möjligen avstyra mötet?

Jag sa att jag nog kunde det.

XII

Jag har en känsla av att jag lite närmare bör förklara hur mitt nu avslutade förhållande med Mary hade börjat och vad det betydde för mig. Jag vill dock påpeka att det nu gått mer än ett halvt århundrade sen vi träffades och att jag kanske ljuger för mig själv, men inte med flit.

Sant är att Mary föddes i Sydney med en australisk ingenjör till far och en svensk mor. De hade flyttat ifrån Australien då farsan hennes fått jobb i London och den där flytten hade skett före kriget, så familjen, Mary hade en syster också, hade genomlevt de svåra bombningarna av London. Mary hade till och med upplevt vad man kallade Blitzen och V2-bomberna. Jag tror det hade satt djupa spår i henne.

Familjen och även systern bodde kvar i London men Mary som hade konstnärliga ambitioner hade sökt sig till Konstakademien i Stockholm och kommit in som hospitant. I den kull som kom in på Konstakademien samma år som jag kom det samtidigt in fyra hospitanter, det vill säga utländska medborgare med konstnärliga talanger. Hur de bedömdes vet jag inte. Jag hade valt Sven Erixson, X:et, som lärare och det hade också en fransman och en amerikan gjort. Vi höll till i Sergelhuset. De som valt andra professorer gick på Fredsgatan under Hugo Zuhr, Gideon Börje eller Gunnar Svensson. Vem Mary valt minns jag inte, men hon gick för en av dem som hospitant.

Vi sågs kanske på kvällarna då vi tecknade på Fredsgatan där till en början Arvid Fougstedt var lärare. Men vi talade aldrig med varann. Mary lärde sig inte bara måleriets grunder och mysterier, hon lärde sig också svenska. Det gjorde inte vår amerikan och inte fransmannen, som jag ansåg vara en fähund.

Det var först vid en akademifest, som enligt traditionen hölls i Sergelhuset, som Mary och jag kom att smått förälska oss i varann. Vi började umgås och jag kunde till och med lura henne att då och då hoppa över kvällslektionerna då vi bara tecknade modell. Som vi målade modell hela förmiddagarna blev de nakna modellerna till sist tröttsamma att sitta och glo på.

Jag kunde lura med mig Mary på bio. Vi hade inte samma smak vad gällde filmer. Mary tyckte om filmer med lite romantik, helst franska filmer, hon talade bra franska, med Arletty och Louis Jouvet för att inte tala om Charles Boyer och Jean-Louis Barrault. Hon klarade också vissa amerikanska filmer, i synnerhet om Nelson Eddy sjöng duett med Jeanette MacDonald. Jag däremot föredrog eller rentav älskade vildavästernfilmer och därmed Gary Cooper, Henry Fonda, Jack Elam, Slim Pickens, Alan Ladd, Ward Bond och Bogart och Cagney som i stort sett spelade samma roller om och om igen.

När man ett år intervjuade en nybliven nobelpristagare i litteratur och frågade vad han gjorde när han inte skrev, och han svarade: Jag ser cowboyfilmer för det är de enda filmer som sysslar med begreppet mod, blev jag överlycklig. Att ha samma dåliga smak vad gällde film som en nobelpristagare i litteratur kom att spela en stor roll för mig.

Jag bodde under akademitiden i en rivningslägenhet på Södermalm och jag ville Mary skulle flytta dit. Hon bodde hos mig då och då, i veckor ibland, men hon sa inte upp det rum hon hyrde i Klara.

Vi älskade varann kan man nog säga men samtidigt behöll vi båda ett avstånd eller en integritet som kanske är nödvändig för två som kallar sig konstnärer. Det kan vara sant. Det kan vara inbillning. Jag kom henne i alla fall konstnärligt så nära att hon bytte professor och kom till Sergelhuset och X:et.

Jag vet inte om X:et egentligen passade Mary som professor och lärare, hon ville ha kritisk undervisning. Att undervisa i måleri var inte X:ets starka sida och framför allt ville han inte förolämpa någon. När han kom två förmiddagar i veckan och såg vad vi blivande berömdheter åstadkommit när det gällde modellmåleri tittade han på det vi gjort en sekund och skakade sen hand med oss, tittande åt alla håll för att komma på något klyftigt att säga, och så sa han: Du behöver inte möjligen fem kronor?

Man kan tycka att detta kanske inte är rätta sättet att lära ut stafflikonst på. Efter år av grubblande har jag kommit underfund med att det naturligtvis var det enda sättet. Konst kan man inte lära ut och finns det en chans, om man nu är anställd som lärare, att köpa sig fri från åsikter bör man ta den.

Mellan terminerna på Sergelgatan for Mary till sina föräldrar i London. Och om inte till London så till Paris. I Stockholm var hon inte men hon skrev mig kärleksfulla brev.

Mary hade erfarenhet av krig. Jag hade rest i det man nu kallar före detta Östeuropa och hade tyvärr, vilket jag här betonar, erfarenhet av ett jäkligare krig än ett bombkrig. Jag hade av skäl som mycket lätt går att förklara hamnat mitt i det grekiska inbördeskriget. Anledningen var att jag befann mig på ett vägbygge i Jugoslavien när engelsmännen och amerikanerna bestämde sig för att få slut på det inbördeskriget och meddelade Tito, som vägrat stänga gränsen till Grekland, att det nog var klokast av honom att göra det. Det grekiska inbördeskriget måste få ett slut eftersom England och i viss mån USA tilldelats Grekland vid en konferens under kriget då Sovjet och de västallierade redan delat Europa i intressesfärer och Grekland tillfallit England. De kunde omöjligt tillåta Grekland att bli en kommunistisk stat, vilket inbördeskriget handlade om. De grekiska kommunistpartisanerna hade haft stora framgångar. Tito meddelade alltså att England och USA skulle bomba slut på kriget, vilket de gjorde på ett par dagar. Men Tito blev också tillsagd att försöka rädda så många barn som möjligt in i Jugoslavien. Vi som då jobbade med autostradan Zagreb-Belgrad ombads hjälpa till.

Jag och två engelsmän följde med en buss utklädda till, varför förstår jag inte riktigt, bulgariska officerare. Jag var bulgarisk major.

Vår buss kom inte särskilt långt in i Grekland. Vi skulle till en liten by där det sades att barn och kvinnor samlats i kyrkan. Det var natt och jag vet att vi hade ställt bussen nånstans och att vi låg bakom en banvall där tåg passerade. Vi visste inte mer än att vi var i närheten av byn.

Plötsligt ser vi att ett plan släpper ner en långsamt fallande ljusbomb över byn vi ska till. Den lyser upp små hus och så kyrkan. En ljusbomb fälls i fallskärm och innehåller, tror jag, brinnande magnesium. Det är en rätt sällsam upplevelse att se en liten grekisk by långsamt lysas upp, som alltid med kyrkan mitt i byn. Nu trodde vi att man på detta sätt hjälpte oss för att vi skulle hitta. Barn och kvinnor skulle finnas i kyrkan och det var ju dem vi skulle rädda. Men innan vi ens hann fram till vår buss bombades hela byn med kyrka och allt sönder och samman. Vi kunde inte rädda någon. Om det nu var ett militärt misstag eller inte spelar mycket liten roll.

Andra lyckades bättre, men Tito vägrade sen att lämna tillbaka de grekiska barnen. Han blev anklagad för barnsmuggling vilket kom att kosta honom en del av Marshallhjälpen.

Om kriget hade satt sina spår i Mary så gick inte heller jag oskadad igenom det jävla Balkankriget.

Både Mary och jag överfölls då och då av en sorg som ingen av oss hade lust att förklara för den andra, men när vi sen tillsammans for till Paris bodde vi till en början ihop på ett hotell vid metro Sèvres-Babylone som ju inte ligger långt från Odéon, det hade vi hört. Därifrån har man en lätt gångväg till Café Tournon, Bar Monaco, Café de Flore, Select och Dôme. Att bo inom gångavstånd från Odéon var nödvändigt.

Att jag hade upptäckt Bar Monaco och resten av de så kallade litterära amerikanska pariscaféerna var ren tur. Jag hade bjudit Mary på middag nånstans nära Saint-Sulpice-kyrkan men hade varit en smula för generös och kunde helt enkelt inte betala.

Vi satt vid ett fönsterbord och jag visste inte hur jag skulle klara situationen. Mary hade inga pengar.

I detta mitt svåra bryderi knackar det på fönstret och utanför står en kille som jag jobbat med i Jugoslavien, en ung och vacker sydstatskille från Alabama, och honom vinkar jag naturligtvis in.

Det enda han talat om i Jugoslavien var att hans mamma bakade det bästa majsbrödet i hela den staten men att han inte kunde skicka efter ett sånt bröd ty det måste ätas nybakat och ljummet. Jag visste allt om vad man åt i Alabama och han visste allt om min morsas köttbullar, paltbröd och bruna bönor.

Glad klev han in på krogen och sa ögonblickligen: Kan du inte betala notan.

Nej, sa jag. Hur visste du det.

Jag känner dig, sa han. Du känner däremot inte Paris för du har tagit din vackra dam med dig på en krog du inte har råd att gå på.

Alabamakillen hette David och han satte sig ner vid vårt bord efter att chevalereskt ha kysst Mary på handen. Han beställde en omgång rödvin och sa: Nu bjuder jag. På allt.

David var faktiskt aristokratiskt sydstatsvacker, nästan lika fräknig som Mary och antagligen nyrakad för han luktade liljekonvalj.

David visade oss sedan Tournon och framför allt Bar Monaco. Tyvärr stannade han inte så länge i Paris. Jag hade annars behövt honom när det gällde Diana Thompson. Han var i min ålder och tillhörde de amerikanska vapenvägrarna utan att vara vare sig Jehovas vittne eller kväkare. Han var inte populär i sin hemstad och hade därför organiserat de amerikanska vapenvägrarna som ställde sig att jobba i indianreservat eller på arbetsläger i Europa.

Honom kunde väl Mary ha förälskat sig i och rymt med.

Vad jag försöker säga är att Mary och jag kunde bo ihop men att Mary behövde en reträtt. När jag for till Italien flyttade hon och när jag kom tillbaka fick jag finna mig i att ta in på Hôtel Nesle ensam. Men vi sov över hos varann ändå. Nästan. Jag kan inte säga att vi bodde ihop. Vi höll ihop.

Vi var enligt min mening kvarterets vackraste par. Det var jag inte ensam om att tycka.

Mary var som hon var. Omöjlig att begripa sig på. Det gjorde att jag hade lätt för att begripa mig på andra kvinnor för ingen kunde eller har senare kunnat tävla med Mary i konsten att vara obegriplig.

David och jag hade en tyst överenskommelse. Även han hade varit inne i Grekland och fått ut barn, lite mer lyckosamt än jag, men vad vi båda sett var något vi aldrig talade om.

Mary och jag var för lika, kanske inte direkt till utseendet och inte heller till sättet. Inte vid första anblicken eller mötet med oss, men ganska snart upptäckte man ändå att vi nånstans var lika som syskon. Att vi som älskade varann så mycket inte ens bodde på samma hotell tyckte man kanske var en smula korkat, och det var det naturligtvis om man såg ekonomiskt på saken, men inte annars.

Vi behövde vår ensamhet när vi behövde den, den var bra för vår inbillade integritet. Vi lyckades en gång få ihop pengar till en månad i Nice, dit man tog sig med ett slött tåg och där man då kunde leva billigt. Där bodde vi ihop tills vi utan att vi på något sätt blev ovänner blev så pass störda av att gå så tätt inpå varann att vi beslöt åka tillbaka till Paris.

Att vi skulle gifta oss och som det heter göra oss en gemensam framtid och åldras en smula ihop var ett ämne vi inte ens kom på att komma på. Varken i Nice, där vi lätt hade kunnat komma på denna förfärliga idé, eller i Paris. Allra minst i Paris, där inte bara Mary och jag inbillade oss att livet var för kort för att rymma framtidsvyer. Vi var alla unga nog att tro att det var tillräckligt att ha varit ung. Om någon av oss trodde sig om att bli berömd så skulle det inte behöva ta så lång tid. Ett år eller två, annars kvittade det lika.

Vi skulle inte bli som de gamla berömda stötar vi inte kunde undvika att då och då iaktta. Camus var fyrtiotre, Richard Wright fyrtioåtta. Beckett femtio.

Av dem som höll till på Select, dit hörde egentligen Beckett, var Giacometti hela femtiosju år och den tystaste av dem, Paul Celan, redan trettiosex år.

Musikerna som höll till på Café Tournon var äldre och de skulle vara äldre, det accepterades. Sidney Bechet skulle fylla sextio.

Filmstjärnor som Jean Gabin, som vi bara såg när de gick på Lipp, fick också vara gamla. Gabin var femtio.

Vi andra runt tjugofem så där hade väl några år på oss, efter oss väntade det stora intet.

Och ett sorgligt faktum var att vi knappast blev äldre. När Suezkrisen började i slutet av sommaren och övergick i krig för Englands och Frankrikes del den sista oktober tyckte Nikita Chrusjtjov, som just då hade fullt sjå med Ungernupproret, att varken fransmän eller britter hade i Suez att göra. Han ville få ett hastigt slut på det kriget och hotade med att släppa en atombomb över London och en över Paris. Hur London tog hotet vet jag inte, men Paris tog det på fullaste allvar och Frankrike mobiliserade.

Vi utlänningar fick inga ransoneringskort och det behövde vi kanske inte heller, men med ransoneringskorten kunde man äta lika billigt på restaurangerna som före kriget, nu fick vi betala det tredubbla.

För fransmännens del borde det ha räckt med Algerietkriget som de höll på att förlora men de skulle nödvändigtvis in i Suez innan Nasser hann nationalisera Suezkanalen. Vilket han gjorde till slut.

Vi utlänningar som inte var direkt knutna till Sorbonne eller liknande universitet beordrades åka hem.

Fransmännen började ransonera och tömde affärerna och satte sig sen att vänta på sin frälsare Charles de Gaulle. De fick vänta i två år. Vi andra behövde inte vänta ens i två veckor och femtiotalet gick med en svag suck i graven. Just den förtidiga död vi alla väntat oss. Gravölet hade pågått i sex år.

XIII

Några dagar efter mitt försök att sammanföra de stora författarna Gustaf Rune Eriks och Chester Himes vaknade jag till en ljuvlig dag redan klockan åtta på morgonen. Jag beslöt mig för att gå upp och ut. Att vakna redan klockan åtta och inte genast somna om hörde inte till mina vanor precis.

Denna morgon hade jag, inbillade jag mig, vaknat av att jag hade magvärk så jag beslöt att bota detta onda i sin linda och gå till Bar Nesle och dricka ett par Fernet-Branca. Det var visserligen en dryck som smakade rävgift men den var stark, innehöll många hemliga örtextrakt och var en oslagbar medicin speciellt vid magont.

Bara några minuter efter det jag kommit på denna briljanta idé satt jag på Bar Nesle med ett glas av medicinen framför mig och samlade mod att svälja den. Det enda raka var att svälja den direkt. Medan jag samlade det mod jag trodde mig behöva bytte Federico grammofonskivor i jukeboxen och plötsligt sjöng Yves Montand en sång som handlade om rue Lepic.

Där på rue Lepic skulle det enligt denna sång säljas grönsaker och ostar, blommor och souvenirer. Och romantiken blommade på denna gata där man inte kunde undgå att bli kär, speciellt inte en vacker vårdag.

Federico förälskade sig också i Yves Montands tolkning av livet på rue Lepic och när Beata inträdde i baren för sitt morgonkaffe rördes även hon till tårar. Näst intill i varje fall. Men mest rörd och förvånad blev hon av att jag klivit ur sängen så tidigt och nu satt ensam utan att ha beställt något. Glaset med Fernet-Branca hade Federico burit ut.

Jag sa att jag halva natten plågats av magont och Beata sa till Federico när hon fick sitt kaffe att han skulle servera mig en Fernet-Branca.

Fernet-Branca, sa hon, det dricker vi flickor när vi har mensbesvär och jag vet att det lindrar magont. Du måste vara frisk. I morgon ska du och jag träffa Diana. Hon är ledig ett tag mitt på dagen och jag är helledig så vi har stämt möte på vårt stamcafé uppe vid Trocadéro.

Har du ett stamcafé uppe vid Trocadéro, sa jag. Nästan förbannad. Vi har väl inga stamhak på högra sidan.

Det är ett café vi går på, vi sjuksköterskor. Ordet stamcafé kanske inte passar. Men det är en uteservering som ligger vackert och soligt till. Jag tycker om Trocadéro.

Det gör egentligen jag med, sa jag. Där ligger Människans museum. Det är ett konstigt museum. Där finns en lång glasmonter med skelett och bilder på hur personen såg ut levande. Alla skelett ser likadana ut men dom som en gång använt skelettet ser olika ut. Det svenska skelettet har tillhört en beväring från första världskrigets dagar. Han är fotograferad i uniform och trekantig hatt. Det danska skelettet verkar ha tillhört en polis av fotot att döma.

I dag finns Människans museum kvar men den långa glasmontern med skelett är borttagen. På ett sätt förstår jag att man kanske av etiska skäl skickade hem skeletten för att begravas, men ändå förstår jag inte själva idén i att visa att hur vi än ser ut i levande livet så är våra skelett lika intill förväxling.

Tanken svindlar en smula när man tänker på hur museiledningen en gång skickat brev till Europas alla länder med ungefär denna lydelse: Koka nån avliden tjugofemåring och sänd oss skelettet.

Kanske fick vårt Nordiska museum ett sånt brev. Och kokade sen en avliden beväring.

Så Trocadéro tolererar jag, sa jag. Dock med en viss reservation, för mitt på Trocadéro står en staty som föreställer marskalk Ferdinand Foch som var överbefälhavare över alla de allierades stridskrafter i första världskriget, och han skickade som nära sjuttioårig gubbe tveklöst miljontals unga män att dö i det utdragna skyttegravskriget.

Du ska få träffa Diana, sa Beata. Kan något annat betyda något för dig. Du och jag ses här vid tvåtiden i morgon. Tre ska vi träffa den du tror ska få dig att glömma Mary. Diana Thompson.

Jag saknar väl för fan inte Mary, sa jag.

Häll nu i dig Fernet-Brancan, sa Beata. Och se frisk ut i morgon klockan två. Gå hem och lägg dig igen. Eller du kanske inte har legat alls. Du ljuger om ditt jävla magonda.

När Beata skulle gå frågade jag henne var rue Lepic låg.

Det visste hon inte men hon gissade att det låg uppåt Montmartre i närheten av Sacré-Cœur. Federico visste bättre. Han sa åt mig att rue Lepic låg i närheten av Montmartrekyrkogården. Och sen frågade han varför jag frågade.

Vi har ju nyss hört Yves Montand berätta om denna Paris mest romantiska gata och den vill jag se, sa jag.

Vänta nu ett ögonblick, sa han. Du är skandinav och tror du vet något om romantik. Jag har serverat tillräckligt med skandinaver för att veta att ni är vad min mor skulle kalla omoraliska människor som i motsats till oss varmblodiga spanjorer inte kan skilja på romantik och inbillad romantisk erotik.

Amanda, frun min, kommer strax, och då tar jag ledigt. Jag har aldrig satt min fot på rue Lepic men med tanke på mitt kokande spanska överromantiska blod så tar vi min bil och kör dit. En gata som fått en sång till sin ära måste ju vara något för oss, för trots ditt nordiska ursprung kan kanske även ditt blod svalla en smula. Du har i alla fall smak för flickor har jag förstått.

Federico var beredd att bjuda mig på en tredje Fernet-Branca men jag kände mig tvungen att avstå. Eftersom han redan hällt upp den så drack han den själv i, som han sa, förebyggande syfte.

Det dröjde inte länge förrän Federicos fru Amanda kom och Federico förklarade att han och jag skulle ut på ett brådskande ärende långt uppe vid Sacré-Cœur. Rättare sagt sa han att jag hade ett ärende dit och att han som gentleman lovat köra mig dit, för, förklarade han för hustrun, man måste hjälpa sina favoritkunder. Det lät ungefär som att utan mig skulle Bar Nesle inte bära sig. Frun, en ganska yppig spanjorska, nickade men sa inget.

I Federicos lilla Citroën for vi sedan rätt mot Pigalle och vidare till ingången till Montmartres kyrkogård där han ställde bilen. Han frågade en taxichaufför var vi kunde hitta rue Lepic och det visade sig att vi inte hade långt att gå. Och vi gick medan Federico gnolade på den text Yves Montand sjungit hela morgonen. Rue Lepic visade sig vara en inte alltför bred gata som gick i en krokig backe till Place du Tertre varifrån man såg toppen på tårtkyrkan Sacré-Cœur. Det tog oss uppemot tjugo minuter att gå hela gatan och vi konstaterade att rue Lepic omöjligt kunde vara Paris eller Montmartres mest händelserika gata. Tvärtom kunde gatan gälla som Paris absolut tristaste och folktommaste gata och vi förbannade textförfattaren som vi antog skrivit sin vackra text om en helt annan gata och bara för rimmens och rytmens skull använt namnet rue Lepic.

Vid Place du Tertre satte vi oss en stund på en uteservering där det heller inte hände nånting och drack en öl. Federico förbannade allt vad visdiktare hette, men som kännare av Evert Taube visste jag att visdiktare ibland tvingades ta sig friheter eller ta ut svängarna för att få bättre stil på texten och rytmen.

Sen gick vi samma tomma trista rue Lepic tillbaka till bilen och for direkt till Federicos bar.

Det var en jävla utflykt, sa han när han ställde sin bil på rue de Nesle där det var parkeringsförbud vilket ingen låtsades om.

Men det var i alla fall en utflykt, sa han. Och jag tycker det var en trevlig sådan.

Vi gick in i hans bar och han sa genast till sin hustru Amanda: Vill du höra en av dom nya skivorna jag laddat jukeboxen med.

Det ville hon och Yves Montand sjöng nu för första gången för henne sången om rue Lepic.

Amanda blev tårögt gripen. Det är naturligtvis på en sån gata vi borde ha öppnat en bar eller ett enkelt café, sa hon. Och inte i en sån här liten gränd.

För det första, sa Federico, ligger vår bar inte i en gränd utan i hörnan av en gränd och en i vilket fall trafikerad gata. Visserligen existerar rue Lepic som gata, en krokig jävla backe, men texten du hör Yves Montand så smöraktigt sjunga är ett påhitt i en sjuk visdiktares rubbade hjärna.

Vet du var rue Lepic ligger, sa Amanda.

Jag, ja, sa Federico. Man har väl varit i Montmartre. Vi var ju i Sacré-Cœur en jul minns du inte det. Där nånstans intill den kyrkan ligger rue Lepic och till varje utländsk kund som sett ut som en

turist har jag sagt att nog finns det mycket att se i Paris, Triumfbågar och Eiffeltorn och fan och hans morsa, men vad ni än gör så undvik rue Lepic.

Det har jag aldrig hört dig säga, sa Amanda.

Jag vet, sa Federico. Du har aldrig hört på vad jag sagt. Eller vad jag säger.

Jag hade satt mig ner och Federico hade av gammal vana ställt en öl på mitt bord.

Du måste förstå en sak, Amanda, och det har den här unge skandinaven påpekat.

Jag är svensk, sa jag.

Den här unge svensken påpekat. En diktare måste ha sin frihet att dikta om till och med stadskartor. Och det vet han för han är författare.

Är du författare, sa Amanda.

Ja, sa jag.

Vad har du skrivit, frågade hon.

Vad spelar det dig för roll, Amanda, sa Federico. När hans bok kommer i höst får vi ett exemplar, det har han lovat, men hur fan ska du kunna läsa den.

Jag trodde han tecknade, sa Amanda.

Han illustrerar det han skriver, sa Federico. Så boken som kommer innehåller teckningar men så fort en teckning trycks i en bok är det en illustration. Det är för att man lättare ska hänga med i texten. Men fråga honom nu vad hans bok handlar om och han kommer att tvingas ljuga. Det är diktarnas helvete att lögnen måste vara deras bästa vän.

Du vet att jag älskade och älskar César Vallejo. Vi var vänner, så nära vänner som man blir i en primitiv skyttegrav. Han skrev medan han levde:

César Vallejo är död, ni har alla slagit ihjäl honom.
Han har inte gjort er nånting
men ni var framme och slog ihjäl honom.

Det skrev han ju medan han levde. Det ska bara låta som om han skrev det sedan han blivit liggande ihjälslagen.

Förresten var det ingen som slog honom. Det var bara det att han var född på fel dag. Han föddes nämligen en dag då Gud var sjuk!

I morgon skulle jag få träffa Diana Thompson som jag fallit som en säck ved för och var övertygad hade fallit lika handlöst för mig.

Eftersom vi inte var mer än till namnet presenterade för varann så skulle jag säga: Jag är sådan jag är därför att jag föddes en dag då Gud var sjuk. Möjligen tycker du om mig men du måste veta att i mitt hjärta klämtar sorgmodigt denna vårdags klockslag och föraningens gren har bitit sig fast i mig.

Vilken föraningens gren skulle hon säga. Och jag skulle svara: Föraningen om att det är du och jag eftersom jag vet att både du och jag föddes ensamma.

Genom Federico påverkades mitt tänkande av Vallejo, om vad jag nu gjorde faktiskt var att tänka.

Medan Federico och hans fru halvgrälar dricker jag lite av det öl jag fått.

Beata hämtar mig här klockan två i morgon, säger jag till mig själv. Klockan tre ska jag få träffa Diana. Och vad jag då än ljuger i henne genomskådar hon mig med sina kolsvarta ögon. Dessutom kommer Beata att vara med och hon kommer inte att tillåta att jag ljuger i Diana vad som helst. Som till exempel att jag är rik eller att jag är berömd.

Men Beatas order var att jag ska se frisk ut och därmed antar jag även snyggt klädd. Jag befinner mig alltså i en brydsam situation och när Federico, också han med en öl, sätter sig mitt emot mig anförtror jag honom att jag i morgon ska träffa en ung dam jag är kär i.

Du ska få en skjorta av mig, säger han. Det behöver du kanske inte, det avgör du. Men jag ska ge dig ett par strumpor för det har du inga.

Vem bryr sig om det, säger jag.

Diana gör det, säger han.

Hur vet du att jag är kär i Diana, säger jag.

Det sa Beata, säger han. Och jag vet väl vem Diana Thompson är.

Varför skulle hon bry sig om om jag har strumpor eller ej, säger jag. Jag går i grova kängor en gång gjorda av min morfar.

Ingen går sin älskade till mötes kippskodd, säger han.

Jag går hem och vilar ut, säger jag. Jag ska se vacker ut. Om Diana inte bryr sig om att jag saknar en framtand så bryr hon sig väl inte om om jag har strumpor eller ej.

Amanda, vrålar han, låna gossen här en av mina skjortor och ett par strumpor.

Och jag får en röd skjorta och ett par röda strumpor och Amanda spelar halvgråtande visan om rue Lepic än en gång.

Och jag vet plötsligt hur jag ska imponera på Diana.

Jag som föddes en dag då Gud var på sitt bästa humör.

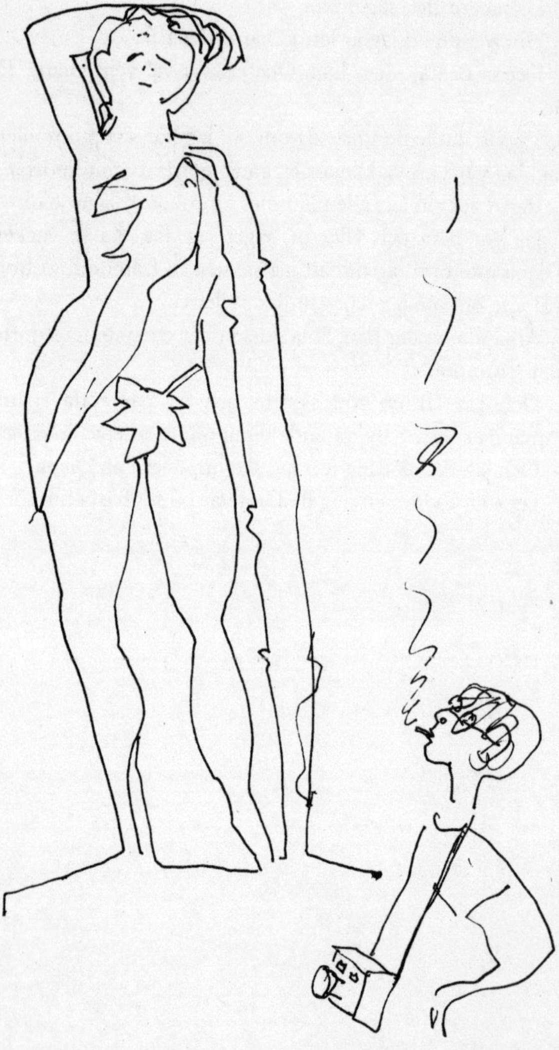

XIV

Efter vår långa spontant påkomna utflykt till Montmartre var jag trött och beslöt sova skönhetssömn. Utflykten hade också tagit hårt på Federicos krafter, så han skulle ta siesta.

Trots det vackra vädret gick jag tillbaka till mitt hotellrum. Väl där fick jag lust att teckna nånting, och som jag hade en liten fönsterglugg som satt mycket egendomligt till i ett hörn av rummet såg jag några takåsar och en bit av tornen på Saint-Sulpice-kyrkan.

Jag hade aldrig varit inne i den kyrkan och knappast i någon annan kyrka heller, så det var först många år senare vid en återkomst till Paris i sällskap med en nyfiken dam som jag upptäckte att ingen mindre än Delacroix freskomålat kyrkans innerväggar.

Nu fick jag för mig att jag skulle teckna av min utsikt. Jag ville det, men min penna ville det inte. Och om en penna inte vill så vill den inte. Då kan man inte teckna.

Men detta gjorde att jag bläddrade igenom blocket och hittade en teckning av en kille vi kallade Chuck. Chuck var sydstatare och på min teckning såg han ut som William Faulkner. Jag kunde ha gjort Chuck lite äldre än han var på teckningen och sen skrivit ihop en inspirerad intervju med denne store författare som jag hade haft nöjet att teckna av på Grand Hôtel i Stockholm då han fick nobelpriset.

Chuck var från Alabama som ju i alla fall är grannstat till Georgia och jag tänkte gå barrundan senare på kvällen och förhöra mig om Georgia. Jag antog att han kände till något om Georgia.

Varpå jag med Hoagy Carmichaels rostiga röst sjöng mig till sömns med den sång som låg närmast till: Georgia on my mind.

Tyvärr var Hoagy Carmichael född i Indiana och befann sig bevisligen inte bland musikerna på Café Tournon eller ens i Frankrike. Jag antog dock att han visste lika lite om Georgia som Yves Montand visste om rue Lepic.

Jag skulle leta upp Chuck och försöka få reda på hur man i Georgia och Alabama egentligen betraktade unga negertjejer. Bra var det inte vilket jag fått reda på av Gustaf Rune Eriks som visste allt om Langston Hughes dikter skrivna på vad han kallade negerdialekt, men Langston Hughes var från Missouri. Halvneger bara och läkare.

Gustaf Rune älskade vad Hughes skrivit och speciellt bluestexterna. Han, Gustaf Rune Eriks, avskydde alla vita som bodde i inte bara sydstaterna utan hela Amerika och han hade ju själv skrivit hyllningsdikten till Bessie Smith som han vackert kallade Bluesens mörka drottning. Bessie Smith var död visserligen men han skrev hyllningsdikten som om jag nu minns rätt slutar med orden Blått är de förlorades färg och bluesen är de förlorades musik.

Gustaf Rune Eriks drack som vi alla för mycket i Paris. Sen slutade han att både dricka och skriva. Pär Rådström har kanske i denna fråga sagt det bäst: Jag har aldrig förstått mig på folk som inte dricker och nu när jag slutat själv förstår jag dom ännu mindre.

Jag småsjöng mig alltså till sömns vilket är bra om man som jag är totalt omusikalisk. Men jag vaknade till kvällen och jag gjorde som jag beslutat. Jag skulle ha tag i Chuck.

Innan jag gav mig ut satt jag ett tag på sängkanten och sa till mig själv: Du är kär i Diana. Sen tänkte jag mig att jag kanske kysste henne med möjligheten att hamna i säng med henne. Men på det sätt vi tänkte när vi tänkte på erotik.

Vi var som jag sagt rätt omoraliska, vi i vad vi kallade kvarteret. Men vi gick inte i säng med varann med enbart erotiska tankar. Vi var förälskade.

Det kanske måste förklaras. Om en flicka eller en pojke hade velat ha en enbart erotisk upplevelse så hade det alltid gått att ordna. Men vi hade med all säkerhet tröttnat. Förälskelsen gällde och om den varade i två dagar eller två veckor var oväsentligt. Utan förälskelse inget sänggående. Att det verkligen förhöll sig så bidrog till dessa Parisårs glädje.

Helt sant är det kanske inte. Chester Himes chocktillstånd efter att ha vaknat med Lilla Ängeln var ju ett bevis på att man omtöcknad av för många calvados kunde hamna fel.

Det var också så att våra förälskelser inte krävde erotik. Vi fick den på köpet men inte så ofta som det kan verka av det jag påstått.

När jag alltså satt på min sängkant och grubblade över hur Diana kunde kännas att ligga hud mot hud med så var det en förälskad persons undran, inte en kåt persons önskan.

På kvällen gick jag vår runda bland barer och caféer, och vi hade ju egentligen inte så många tillhåll. Barer och caféer fanns det gott om men de caféer som parisarna kom att kalla amerikanska var få. Fem, sex. Möjligen sju om vi också räknar Select och Dôme vilket jag gjorde, men inte alla. De räknade i stället med Café de Flore, Les Deux Magots eller Old Navy.

Vi var naturligtvis på andra ställen, men då gick vi i samlad trupp till Viking och États-Unis. Och Mabillon på vägen till Flore.

Kalla nätter gick vi på Rhumerie Martiniquaise som hade öppet dygnet runt men bara fungerade kalla kvällar eller alltför regniga kvällar och bara serverade rom och varmt vatten med socker. Det låg också på boulevard Saint-Germain på vägen från Odéon till Flore. Jag tror rhumeriet förekom i en sång Juliette Gréco sjöng där jag bara minns raderna:

Il n'y a plus d'après
à Saint-Germain-des-Prés.

Rhumeriet hade ett par av de vackraste svarta servitriserna i hela kvarteret, men jag vet ingen som blev riktigt intim vän med någon av dem. Jag tror att om man tagit ett oförsiktigt steg mot nån av dem så hade de inte mindre svarthyade servitörerna skurit öronen av en.

Men om dessa servitriser erkänner jag att jag bara hade erotiska drömmar. När jag sov menar jag. Även jag var rädd om till exempel ett öra. Ändå erkänner jag villigt att om jag fått rå om en av dem en enda natt i en smal säng hade jag betalat med mitt högra öra, som jag nu på min ålders höstlövsfärgade dagar i alla fall håller på att bli döv på. Eller, vilket verkar sannare, upphört att vilja lyssna på dösnack och nyheter med. Mitt vänstra öra är lika nyckfullt då det gäller musik. Utom början av Richard Strauss Så talade Zarathustra.

Jag har lovat mig själv att köpa en apparat man kan spela CD-skivor på och då inköpa Hoagy Carmichaels Georgia on my mind.

Denna kväll när jag letar efter Chuck går jag först till Tabac Saint-Michel där jag vet att Svenolle skulle möta Gunnar. Där säger jag att jag letar efter Chuck. De vet inte var han är, och jag talar om att jag vill veta mer om Hoagy Carmichael som jag trodde var från

Georgia, eller hoppades att han var. Svenolle talar då om för mig att mister Carmichael kom från Indiana.

Jag trodde du letade efter Diana Thompson, sa Gunnar. Beata har skvallrat att du är i det närmaste kär i henne. Men om du har tänkt sjunga serenad med Georgia on my mind så gör inte det.

De båda drack buljong med vitt vin i och när de såg att jag undrade varför sa Gunnar att de kände sig förkylda och att en vårförkylning inte var nånting att leka med. Därför drack de det de drack medan de väntade på två av de danska sjuksystrarna.

Innan jag gick vidare sa Svenolle: Om du ska sjunga för Diana så försök härma Louis Armstrong när han sjunger Sweet Georgia Brown.

Sjung för satan inte, sa Gunnar. Du klarar nog inte Diana ändå, för jag har sett henne med en svart kille som ser ut som en solbränd Tyrone Power.

Och jag som behövde tröst, sa jag.

Det var ju just det du nyss fick, sa Gunnar. Om du verkligen är kär i Diana och nu ska vinna hennes mörka hjärta så är det väl ingen sport om du inte har konkurrens. Den svarte Tyrone Power är säkert inte Dianas kille, men jag menar att han kan ju vara det och då måste du vara trevligare än han och vackrare också.

Lycka till med era sjuksystrar, sa jag.

De tittade båda på mig som om jag sagt något mycket korkat. Vilket jag ju hade.

Sen gick jag till Bar Monaco där jag hittade Lena och Bibi och jag bad Bibi gnola Sweet Georgia Brown för mig. Den begäran utlöste en för mig obegriplig skrattsalva från både Bibi och Lena.

Sen när tappade du självförtroendet, sa Lena. Det klär dig inte. Och det gör inte den där röda skjortan heller.

Ni missunnar mig Diana, sa jag, samtidigt som jag bad Gabby om en omgång öl åt oss.

Jag ska träffa Diana i morgon, sa jag. Och skjortan har jag fått av Federico. Han gav mig också ett par strumpor. Varför skulle Diana bry sig om ifall jag har strumpor eller ej.

Vi vet att du ska träffa Diana, sa Lena. Beata har berättat det.

Vad har det med mina strumpor att göra, sa jag. Ni har väl aldrig brytt er om att jag gått utan strumpor i mina kängor.

Vi, nej, sa Lena. Men Diana är från Amerika och kommer att uppfatta det som om du möter henne halvklädd med en enda inställning och det är att få henne i säng. Det håller inte.

Ni driver med mig, sa jag.

Det är klart vi gör, sa Bibi. För en gångs skull har du skrämt dig själv i onödan för vi tror inte att du behöver vara rädd för att din förälskelse i Diana inte är besvarad.

Har ni sett Chuck, sa jag.

Han sitter på Tournon, sa Lena. Han gick härifrån strax innan du kom.

Svenolle och Gunnar sitter på vår Tabac och väntar på två av de otaliga danska sjuksystrarna. Vilka väntar ni på?

Lena väntar på Matt, sa Bibi. Vad jag väntar på visar sig väl. Kvällen är lång.

Matt var inte vem som helst. Han var amerikan från Kalifornien och var bland annat modell i cowboyutrustning för cigarettmärket Marlboro. Han var lika trevlig som han var stor och ståtlig. Manlig säger man. Han är död som nästan alla jag nämner. Han dog med femtiotalet. Det decennium som, åtminstone i Amerika och England, kom att kallas Det smutsiga femtiotalet, liksom sen det följande decenniet kom att kallas Det sexiga sextiotalet.

Vi som levde största delen av femtiotalet i Paris skulle aldrig gå med på vare sig The filthy fifties eller The sexy sixties. Vårt femtiotal hette Paris. Något annat decennium värt ett namn följde aldrig.

Lena och Bibi undrade varför jag just sökte Chuck och jag sa att det var för att han kom från Alabama och möjligen visste något om Georgia. Jag sa att jag inte tänkte gå till mitt möte med Diana totalt oförberedd.

Du, Bibi, sa jag, vet du möjligen vem som skrivit Sweet Georgia Brown. Du som sjunger.

Här visade Bibi sin klass. Hon sa: Musiken är skriven av två killar som nog är italienare till börden, Maceo Pinkard och Begnoten-Berinia.

Texten då, sa jag.

Den är skriven av en Georgiakille som heter Kennet Casey.

Du är sänd från Gud, sa jag. Och det är nog du med, Lena, sa jag innan jag gick.

Och med långa kliv och utan skoskav gick jag till Café Tournon. Jag fick visserligen inte skoskav av att gå utan strumpor heller, men det var nog det Federico hade fruktat. Inte Dianas åsikt i denna fråga.

På Tournon satt Chuck ensam vid ett hörnbord inne i caféet, alla andra satt ute på trottoarserveringen. Han drack vitt vin och såg ut som den aristokrat han var och därför höll avstånd till fotfolket. Jag såg nu att han inte var lik William Faulkner, i alla fall inte så lik som på min teckning, det var väl bara det att han såg ut som sydstatsaristokrater såg ut, åtminstone i filmer.

Jag satte mig mitt emot honom och berättade att jag skulle träffa en negertjej som kom från ungefär samma trakter som han kom ifrån och jag frågade sen hur man behandlade de färgade i det som kallades Dixieland. Du ska träffa Diana, sa han och jag undrade om Beata skvallrat även för Chuck. Hade den lojala Beata sagt till alla att jag hade en träff med Diana att se fram emot ingick det i så fall i den strategi hon valt.

Det vill du inte veta, sa Chuck. Men Diana kommer aldrig att återvända och jävlar anamma inte jag heller. Prata inte med henne om Georgia och prata för fan inte med mig om Alabama.

Jag ska sjunga för henne eller åtminstone deklamera till exempel Georgia on my mind eller Sweet Georgia Brown. Du vet möjligen ingen lämpligare sång. Vad tror du om The old folks at home. Du vet den som börjar Way down upon the Swanee River. Jag har jobbat med en sydstatskille vars morsa bakar det bästa majsbrödet söder om Tennessee.

Jesus jävlar, sa Chuck. Är du kär?

Ja, sa jag. Så där. Förälskad du vet. Som du i Jean.

Inte så till den milda grad att jag skulle börja sjunga för henne, sa han. Du vet ingenting.

Jag vet inte mycket om sång och sångtexter, sa jag. Men jag råkar veta något om The old folks at home.

Så bra, sa han. Men tala inte om det för mig. Låt oss beställa in en flaska vitt och sen sitta här utan att konversera. Dricka stilla under tystnad. Jean reste i går. Ungefär som din Mary stack med Bob. Förstår du?

Jag sa att jag förstod.

XV

Jag vet inte hur länge Chuck och jag satt inne på Tournon och teg ihop. Men det blev sent. Det blev alltid sent.

Men bäst som vi satt där och teg och sög lite på det vita vinet blev vi störda av en småväxt Chicagoamerikan som alltid verkade alltför blek och klen för Paris nattliv. Han hette Freddy.

Freddy var inte bara liten och klen, eller såg ut att vara det, han var också nervös och med det menar jag att hans nerver trasslat ihop sig inom honom. Han tillhörde veteranerna från Koreakriget och hade när han körde lastbil i en militärkonvoj som utsattes för bombardemang fastnat inne i lastbilen som börjat brinna. Han hade med nöd och näppe klarat sig ur lastbilen och blivit svårt bränd. Det syntes inte i hans ansikte, men hans hud på bröst, rygg och ena benet från knäet upp mot låret var som ett enda stort läkt brännsår. Han hade visat det en gång då någon på Bar Monaco anklagat honom för att vara barnsligt oerfaren. Den som sa det åt honom slog han till så våldsamt att denne självutnämnde människokännare fick käken spräckt och Freddy hade mördat honom om vi andra inte förhindrat det. Det var då och därför han klätt av sig och visat att den erfarenhet han hade, den hade han dyrt betalat.

Richard Wright satt där han alltid satt och såg tänkande ut. Men Richard Wrights fru, en vit kvinna jag av nån anledning inte tålde, sa: Freddy, du ska resa tillbaka till Amerika. Amerika är det enda land som vet hur man botar nerverna på en krigsskadad.

Det skulle hon inte ha sagt. Jag blev nämligen så förbannad på detta stupida uttalande att jag tog henne ganska hårt i armen och närmast vrålade: Vad i helvete tror du ryssarna, tyskarna, engelsmännen och alla andra européer upplevde under det senaste världskriget? Eller vad fransmännen just nu är med om? Om du tror att vi européer inte vet hur man behandlar krigsskadade är du dummare än du ser ut. Och du ser jävligt dum ut.

Richard Wright tittade på mig och med min kännedom om amerikaner trodde jag att han gjorde det för att tänka ut vilket det enklaste sättet att skära halsen av mig kunde vara.

I stället blev vi vänner. Vilket han visade när en ung svensk fotograf, det var förresten Berndt Klyvare, kom till Paris för att fotografera ett antal berömda personer. Han började med Birgitta Trotzig som bodde i nån förort och aldrig sågs i vårt kvarter och sen ville han fotografera Richard Wright, men för att tordas be om att få fotografera mannen som skrivit Son av sitt land började han med att fotografera mig, jag skulle ju i alla fall komma med en bok till hösten. Sen fick han också ta en bild på Richard Wright.

Berndt Klyvare sålde bilderna till Bonniers Litterära Magasin och när det numret kom ut fanns där ett stort avsnitt med porträtterade berömdheter, bland dem Richard Wright, Birgitta Trotzig och jag. Jag visade detta litterära magasin för Richard Wright och efter det betraktade han mig som en kollega.

Jag var alltså lika berömd i det avlägsna Sverige som han var. Det tror jag dock inte att han brydde sig om. Vad som imponerat på honom var just att jag skällt ut hans fru.

Richard Wright var från Mississippi och det var naturligtvis honom jag borde ha frågat hur jag som vit drummel skulle fånga Diana Thompson. Men jag tordes inte.

Freddy satte sig vid vårt bord och det enda han sa var: Hur tar ni det hela. Med Mary menar jag, och Jean. Vi sa ingenting. För vad skulle vi säga. Mary hade stuckit med Bob som vi alla tyckte illa om och Jean hade, visade det sig, stuckit med en om möjligt lika drumlig tysk som hette Hermann.

Det märkliga var att Freddy älskade dessa två monster, ordet monster är inte mitt, det står så om både Bob och Hermann i en bok skriven av en engelsman som försökt skildra Paris femtiotal. Inget utom de två monstren stämmer med mina erfarenheter.

Monster är att ta i. Det är det förresten inte, även om både Mary och Jean blir sårade, wherever they are. Freddy närmast avgudade både Bob och tyske Hermann och hade varit den som med glädje sprang deras ärenden.

Chuck och jag bjöd Freddy på det vita vinet vi nu beställt en flaska till av.

Är ni sorgsna, sa Freddy.

Nej, sa jag.

Är ni förbannade, frågade han vidare.

Nej, sa Chuck.

Jag tror ni är mycket ledsna, sa Freddy.

Vad får dig att tro det, sa Chuck.

Varför i helvete dricker ni annars vitt vin, sa Freddy.

Frågan var berättigad. Att dricka glas efter glas av vitt vin utan att ha någon form av sorg är ju egendomligt.

Chuck och jag sa ingenting. Vi beslöt att gå hem tidigt. Vi bodde åt samma håll. Men trots att vi gick tidigt kom vi naturligtvis lika förbannat hem sent.

Vi åt, minns jag, var sin tallrik spaghetti på en italiensk liten söt krog på rue Dauphine. Det lilla stället kokade en förnämlig krydd-stark spaghettisås. Dessutom var stället så litet att det var hemtrev-ligt, och framför allt saknade det jukebox och så kallad pinball-maskin. En elektrisk kulspelsautomat som då inte fanns i Sverige och som om inte annat förde oväsen. Sådana vimlade det av i Paris caféer. Det var amerikanska spelapparater och de fanns naturligtvis på varje amerikansk sylta, men som James Baldwin skrev i en arti-kel: Det var som om vi upptäckte pinballapparaterna först i Paris. Jag skrev också en artikel om de här maskinerna och sålde till Da-gens Nyheters söndagssida där jag kallade artikeln Musik för miljoner. Och det var innan Baldwin sålde sin betraktelse.

Chuck och jag åt alltså spaghetti och förmodligen drack vi öl till. Länge var vi tysta så där som två goda vänner som tycker mycket om varann kan vara. Men sen talade Chuck.

Du frågade mig om Alabama eller om det nu var Georgia. Jag inbillar mig att vi behandlar dom svarta väl, att vi inte gör någon skillnad på svarta och vita. Det må vara inbillning från min sida. Men resterna av slaveritänkandet håller på att dö. Jag vet inte hur jag betedde mig hemma i Montgomery eller på landsbygden utanför Montgomery, men jag slogs mot världskommunismen, vilket jävla ord, i Korea. Det var första gången svarta och vita soldater slogs i samma förband, det hände inte ens under världskriget fast vissa filmer påstår det. I mitt förband var vi till hälften vita och till hälften svarta soldater. Vi var lika unga nästan alla utom befälen och hade jag varit svart hade jag skjutit de flesta av våra officerare. Nu fick jag en helvetes respekt för mina svarta kamrater och de svarta sjuksystrarna. Jag sårades och låg rätt länge på sjukhus.

Din landsman Gunnar Myrdal har skrivit en bok om negrernas ställning i Amerika och i Afrika. Jag har inte läst boken men jag vet att Richard Wright blev tillfrågad av Gunnar Myrdal om vad han menat då han för Myrdal förklarat att denne skrev åt helvete. Det borde inte ha stått något om vad intellektuella vita gjort för negrerna utan det skulle ha stått hur lite. Myrdal hade då frågat hur han ville de vita skulle bära sig åt för att skapa vad han kallade demokrati och Richard Wright hade omedelbart svarat: Tvinga de vita i ledande ställning att införa diktatur.

Jag förstod inte riktigt Chuck och visste inte mycket om Gunnar Myrdals bok An American dilemma eftersom jag inte läst den, men min mörke vän i Stockholm som min morsa utan att veta det kunnat grovt förolämpa med att kalla honom nigger hade förklarat för mig att bara det att ordet dilemma fanns i titeln tydde på att boken var värdelös. Den som befinner sig i ett dilemma står inför ett olösligt problem och om boken handlar om ett olösligt problem så varför har han ägnat tid åt att skriva den.

Jag sa nu till Chuck: Om du verkligen vill diskutera An American dilemma, så behöver du inte göra det med mig. Gunnar Myrdals son Jan Myrdal bor på August Strindbergs berömda hotell Orfila inte långt från Tournon och du ser honom då och då på både Bar Monaco och Tournon.

Jag vill inte påstå att jag tyckte särskilt mycket om Jan Myrdal men med tillägget att det nog mest berodde på att på östra Södermalm var det ett mycket nedsättande skällsord att vara Myrdalsunge. I Paris tyckte jag illa om honom för att han gick i kortärmade skjortor med axelklaffar och kakikortbyxor. Hade jag inte vetat vem det var hade jag nog trott att han varit Gauleiter i Hitlerjugend. Men nu råkade han vara Svenolles bäste vän och jag tolererade honom därför. De var båda från Bromma och eftersom jag tyckte om Svenolle såg jag till att även acceptera Jan Myrdal.

Jag vill poängtera att detta var min personliga syn på Jan Myrdal som berodde på klasskillnaden oss emellan. Och jag vill inte minst tillägga att jag senare kom att respektera honom och gör så än. Men inte då.

Han hade vid ett tillfälle bjudit Svenolle, mig och Gustaf Rune Eriks och den unge poeten Gunnar Gredell, ett av Sveriges alla kritiker nyutnämnt geni, på middag just på Orfila. Det blev en ganska pinsam tillställning. Gunnar Gredell, som alltid bar de strålande recensioner han klippt ut i innerfickan och visade för alla oavsett om de kunde läsa svenska eller inte, strödde ut recensionerna över bordet, vilket ju inte var lämpligt, och blev utskälld. Jag tror vi alla varit lite mer förstående om vi vetat att Gunnar Gredell snart skulle åka hem och dö.

Gustaf Rune Eriks som petade lite i maten och drack det vin han bjöds tog då och då av sig sin sko och småkräktes i den.

Det som skulle föreställa en litterär fest i Strindbergs gamla matsal blev alltså som sådan en aning misslyckad. Lars Forssell var också bjuden men han kom inte därför att han tyckte Jan Myrdal inte hade mer personlig utstrålning än en grindstolpe. Och det hade han inte. Jag önskar dock att Lasse varit med för han tyckte mycket om Gustaf Rune Eriks, som det var i det närmaste omöjligt att tycka illa om. Möjligt är också att Lasse begripit sig på Gunnar Gredell, för jag vet att han uppskattade hans dikter, men vad han kanske inte visste var att när Gunnar Gredells diktsamling kom ut jobbade Gunnar på en bank. När Karl Vennberg i Aftonbladet utnämnde honom till geni klippte han ut recensionen och sparkade sin chef i arslet och tog steget ut i litteraturens och de stora poeternas värld, till vilken han trodde hörde att ständigt vara vad bara en finne skulle kalla klädsamt berusad. Och det hör till, säger vi generöst, om man tror att det hör till.

När min egen bok sen kom i november detta år blev jag knappast geniförklarad som tur var. Jag minns nu bara en mening. En stor dagstidnings litteraturkritiker skrev en rad om min bok: Ett engångsexperiment man inte vill se upprepat.

Gunnar Gredell kunde alltså inte bli bättre än han enligt kritiken var och det är ingen bra start. Att vara författare är ett maratonlopp där man hela tiden flyttar målsnöret.

Jag hade det ju mycket lättare. Jag kunde omöjligt bli sämre. Så fick jag heller inte ge ut nån mer bok på mitt stora förlag förrän det gått tio år och Cavefors som tagit mig under sina vingars skugga gick omkull.

Chuck hälsade sen på Jan Myrdal när jag en kväll pekade ut honom på Monaco, men det var allt.

Den charm Jan Myrdal enligt Lars Forssell inte utstrålade, den hade Chuck. Jag satt en kväll med Lasse och Chuck på Select där vi berusade oss på något så dumt som Cointreau, och Lasse hade skrivit nånting om att han bara varit kär i K. Både Chuck och jag utgick ifrån att K var Kafka.

Vilket roade Lasse så till den milda grad att han skrattade ut oss. Och Lasse kunde skratta.

Nå.

Både Chuck och jag kom så småningom hem till våra hotell.

Jag skulle träffa Beata klockan två. Men redan klockan ett var jag på Bar Nesle för att bli inspekterad av Federicos Amanda som efter att ha synat mig noga ansåg att jag var stilig.

Detta med orden: Nog kunde Federico gett dig en diskretare skjorta.

XVI

Jag hade för vana att alltid börja dagen på Bar Nesle med en öl. Det kan kanske i förstone verka som en ful ovana och då ska jag genast erkänna att jag till och med hade den fula ovanan att börja dagen med en öl eller två. Vi som inte hade fasta arbeten vände lite som vi ville på dygnen och dagen började då vi vaknade och eftersom kvällarna blev sena blev dagens början sen.

Men även om jag haft ett jobb och börjat klockan sju på morgonen hade jag nog startat med en öl. Flertalet morgnar hade jag vid sjutiden på väg hem vilat mig på något café och iakttagit de parisare som skulle till ett jobb och de flesta började, hade jag sett, med en liten espresso och en calvados eller, som brevbäraren i distriktet, med ett stort glas vitt vin.

Alltså satt jag på Federicos bar, han började förresten sin dag med en etersmakande spansk konjak medan Amanda föredrog ett glas rödvin, och drack öl då Beata kom strax före två. Hon hade jobbat sina timmar och beställde också hon en öl.

Jag har hört, sa jag, att Diana har en kille. Gunnar sa att han såg ut som en chokladfärgad Tyrone Power.

Det är möjligt och dessutom troligt att Diana har en kär vän, sa Beata. Men ändå tror jag inte att det förhåller sig så. Jag har sagt till många i kvarteret att du ska träffa Diana och av ingen av dom har jag hört att hon skulle gå stadigt med nån. Jag har som du förstår forskat för din räkning. Och Tyrone Power som Gunnar snackat om är bara en av våra läkare. Och honom är det jag och inte Diana som har ett gott öga till.

Det är alltså inte för min skull du vill jag ska förälska mig i Diana eller hon i mig. Du vill åt Tyrone Power.

Beata svarade inte. Hon såg trött ut.

Vi hinner gå till Trocadéro, sa jag. Gör vi inte det? Du ser ut att behöva luft.

Luft är nog vad vi alla behöver, sa Beata. Jag har jobbat nästan till nu och jag går inte längre än till Odéons metrostation. Du ser inte så pigg ut du heller.

Har Janne Trägårdh köpt din skjorta på loppmarknaden. Skaffa en bredbrättad svart hatt och du kommer att se ut som en av Garibaldis soldater.

Jag har fått skjortan av Federico, sa jag. Och jag ser visst pigg ut. Jag är vacker, det sa Amanda.

Amanda som stod bakom bardisken hörde sitt namn nämnas och kom fram till vårt bord.

Ville ni nåt, sa hon.

Ser vi två vackra ut, sa jag.

Som par, frågade hon.

Inte som par, sa jag. Ser vi vackra ut var och en för sig.

Amanda svarade med ett skratt som förföljde oss nästan hela rue Dauphine och både Beata och jag blev upplivade. Det var ett spanskt svar på en dum fråga.

Vid metro Odéon började det regna, ett stilla varmt vårregn, och det ska egentligen alltid småregna i Paris. Om det nu var regnet eller Amandas skratt som utlöste nåt slags inre glädje hos Beata är svårt att säga. Men vid metrostationen sa hon: Vi tar en taxi. Vi ska sitta på caféet när Diana anländer och där på caféet ska du och

jag hälla i oss en vodka innan hon kommer. Jag tänker göra det i alla fall.

Om du säger det så gör vi det, sa jag. Jag förstår att du vill vi ska bli en smula pratsammare än vi är. Spirituella så där.

Och så fick det bli. Vi var på det café vid Trocadéro där mötet skulle äga rum ungefär en kvart innan Diana sagt att vi skulle ses.

Beata bjöd på var sitt glas vodka. Det låter värre än det är. Med svenska mått var ett glas sprit i en Parisbar då en tredjedel av vad man i Sverige kallar en sup. Två centiliter ungefär. Sen satte vi oss i ett hörn på uteserveringen under markisen för det vårregnade fortfarande.

Beata började bli rolig. Hon berättade att den fine danske tecknaren Storm P. hade sagt: Franska är ett lätt språk. Häst heter till exempel cheval och sen är det så hela vägen. Meningen ska naturligtvis sägas på danska, på svenska blir den utan den finess den verkligen har på danska.

Det regnade alltså och Beata och jag var på vårt bästa humör och en Beata på glatt humör var faktiskt en mycket vacker person.

Lite efter klockan tre anlände Diana, men inte ensam. Hon kom i sällskap med en man jag var rädd för. En riktigt svart kille som kallades Slim. En stilig svart snobb som där jag hade min tandglugg hade en guldtand. Han vistades och bodde i vårt kvarter och han ansågs helt enkelt vara en gangster.

Vad som fick oss andra att tro att den alltid välklädde Slim med guldtanden var en gangster var att han var det. Jag lärde känna hans historia för vi blev vänner, så nära vän man nu kan bli med en gangster.

Slim var född i Nigeria. Som barn hade han flyttat till Lagos där han försörjde sig som rånare, men han rånade inte folk. Han och hans kamrater rånade biltransporter på väg till Lagos hamn. Det var antagligen i nån intern gangsteruppgörelse han förlorade framtanden. Han tillhörde Ibofolket, vad nu det är. I vilket fall förtjänade han så pass mycket på denna verksamhet att han for till Paris. I Paris lät han sätta in guldtanden för där blev han en betydelsefull person genom att langa hasch till behövande jazzmusiker. Tournon var hans tillhåll. Ingenting av detta fattade vi eller visste vi.

Slim må ha varit en gangster och en snobb men han var enormt språkkunnig. Han for till Stockholm, det är inte så många år sen jag träffade honom i Kungsträdgården, och det jag vet om honom berättade han på Operabaren. Han var lika snobbigt klädd då som han var i Paris. Hans språkkunskaper gjorde att han då arbetade på biblioteket på Karolinska institutet. Han dog för två år sen och ligger strödd i minneslunden på Skogskyrkogården som sällskap om inte annat så åt Tutchie Grant. Nån vit sällskapade han definitivt inte med, om inte den flicka som fick honom att resa till Stockholm bodde där.

Ingenting om detta visste jag nu när han kom med Diana. Även om jag var rädd för honom så avundades jag honom, inte så mycket för hans skräddarsydda kostymer som för hans glänsande guldtand.

Det visade sig att han bara stött ihop med Diana och att hon bett honom följa med. Att de kände varann var inte konstigt. Möjligen visste hon att vi betraktade honom som en gangster det inte hade varit nyttigt att bli påträffad med vid någon av de täta polisrazziorna, men med säkerhet visste hon inte att det var han som höll de berömda amerikanska jazzmusikerna med knark. Troligast var att hon kände honom för att hon kände alla de färgade legenderna som höll till på Café Tournon.

Om det inte regnat på hans stiliga mörka kostym, och om inte Diana presenterat oss som skandinaver boende uppe vid Nordpolen nånstans, hade han säkert inte satt sig ner bredvid oss, men han kände ju också igen oss sen tidigare, både Beata och mig. Diana hade kysst både Beata och mig på kinden och Slim hade snyggt kysst Beata på hand.

Diana och han var på samma strålande vårregnshumör som Beata och jag och flott och utan att fråga beställde han fyra öl och fyra sandwichar med skinka och ost. En parissandwich har inget med sandwich i vår mening att göra. Det är en halv baguette och den blir man mätt på.

Vi trodde Slim var amerikan, något annat hade vi aldrig hört. Vi kanske borde ha gissat att han var afrikan. Alla afrikanska negrer hade för höga vita skjortkragar. Mot Slim såg Diana mycket svagt färgad ut, som mjölkchoklad, och vi borde kanske ha hört att Slim inte var amerikan på hans engelska.

Vi tuggade i oss våra baguetter under den tystnad detta rätt sega tuggande kräver, men sen började vi samtala. Eller konversera med ett ord jag antar Slim hade tyckt var proprare.

Titta nu på Slims guldtand, sa Diana till mig och la sin varma hand på min. En sån skulle du ha.

Jag sa nåt om att den italienske tandläkaren på Sicilien, jag tyckte Sicilien lät vackrare eller mer bekant än Kalabrien, som dragit ut den avslagna tanden hade sagt att jag måste vänta i minst ett år innan jag skulle kunna sätta in en så vacker guldtand som Slim hade. Som om ett år skulle räcka för att jag skulle få råd med en.

Och jag berättade nu för dem alla hur jag i en gränd i Palermo i ett svartsjukeslagsmål blivit av med tanden men att min rival i kampen om Miss Palermo blivit av med alla sina framtänder och förmodligen också några av de viktigaste kindtänderna.

Du slåss väl inte, sa Diana, och jag kom ihåg att jag en gång sagt henne att jag inte förstod mig på amerikanerna som bara slogs för minsta småsak. I samma stund slog det mig att det kanske inte var henne jag sagt det till, så hastigt frågade jag hur Slim blivit av med sin tand och han hade naturligtvis bara ramlat av en cykel på väg till söndagsskolan. Därmed påpekande att jag fan ta mig inte hade med att göra hur och var han förlorat framtanden.

Är du också sydstatare, frågade jag.

Hurså, sa han. Bara för att jag är svart som en jävla bomullsplockare.

Nej, sa jag. Det är så att jag är lite av en författare eller frilansare. Jag skriver artiklar ibland. Jag menar jag skriver artiklar dagligen och ibland kan jag också sälja en och annan. Har ni hört Yves Montands insjungning av en sång som handlar om rue Lepic?

Det är klart vi har, sa Slim. Man kommer inte undan den låten, dom spelar den på vartenda café i de satans jukeboxarna. Har den gått också dig på nerverna.

Ja, sa jag. Den har gått mig på nerverna men för att kunna skriva en artikel om den behöver jag lite mer kött på benen. Något att hänga upp artikeln på.

Du kan få träffa Yves Montand, sa Slim. Jag känner honom, sa han, vilket han gjorde. Han kände varenda musiker och varenda filmstjärna eller sångare ända ut i Paris skummaste förorter.

Diana här är från Georgia, sa jag. Stephen Foster har skrivit en sång som heter The old folks at home.

Bara namnet Stephen Foster fick Slim att se grym ut, som om musik av den sorten befattade han sig inte med. Men han sa inget.

Jag fortsatte vänd direkt till Diana: Börjar inte den sången Way down upon the Swanee River.

Jo, sa Diana. När vi blir ensamma ska jag sjunga hela sången för dig.

Vad har det med Yves Montand att göra, sa Beata.

Ligger inte Swanee River i Georgia, sa jag.

Jo, sa Diana.

Har du sett denna omsjungna flod, sa jag. Och ljug nu för fan inte. Du vet att jag tycker att du är i det närmaste det vackraste jag vet, men ljug inte.

Nej, sa Diana. Jag har inte sett Swanee. Men jag kunde ha gjort det för den rinner igenom Georgia.

Och du tror antar jag det är sant att denna flod blå och vacker rinner genom Georgia, sa jag.

Det tror jag, sa Diana. Varför har man annars skrivit en sång om den.

Var kommer Yves Montand in, sa Slim. Nu otålig.

Han sjunger om den romantiska rue Lepic, om blomsterförsäljningen och alla musikanterna och fan och hans morsa på denna rue Lepic. Jag har kontrollerat rue Lepic och funnit den vara Paris tristaste och folktommaste gata. Romantiken kring rue Lepic är bara en sångförfattares påhitt, troligen kom han på ett rim på Lepic och använde därför gatans namn. Gatan finns.

Diana, sa jag, hur börjar The old folks at home nu igen. Sjung första raden. Och Diana sjöng således Way down upon the Swanee River.

Jag kan nu tala om för er alla att lika lite som han som skrev sången om rue Lepic hade sett den gatan, lika lite hade Stephen Foster sett Swanee River. Den rinner bara fem mil in i Georgia från Oklahomas träskmarker och den är mer kaffefärgad än blå.

Stephen Foster var från Pittsburgh, som vad jag tagit reda på ligger i Pennsylvania. När han där skrev denna sång som Georgia tagit till sitt hjärta behövde han ett flodnamn, ungefär som författaren till Yves Montands örhänge behövde en gata. Han började leta på en karta över Amerika, och inte utan möda upptäckte han en flod som hette och antar jag fortfarande heter Suwanee, men eftersom han behövde ett tvåstavigt namn så döpte han floden till Swanee. Vilket betyder att Swanee River helt enkelt inte existerar.

Med de två exemplen kan jag kanske skriva en artikel och sopa golvet med textförfattare. Det finns en svensk kille i kvarteret som ni alla träffat och han har fått för sig att översätta några av Boris

Vians texter och honom ska jag varna för att använda namn på gator och torg han inte först noga kontrollerat att de åtminstone finns.

Jag tror jag vet vem du menar, sa Slim. En sympatisk skandinav, svensk tror jag. Det är en trevlig kille fast han är vit. Lars nånting. Men tyvärr vit.

Ja, sa jag. Just Lars Forssell.

Diana fick plötsligt bråttom. Hon måste tillbaka till sjukhuset. Och som regnet upphört sa också Slim adjö med orden: Om du ska få ihop till en guldtand får du nog fan råna en bank.

Beata och jag promenerade till Triumfbågen och spatserade sen långsamt Champs Élysées ner som ju turister bör göra.

Ungefär vid Triumfbågen sa Beata: Lugn nu! Du och jag och Diana ska träffas i morgon kväll på pannkakshaket. Du och jag och hon. Det är bara det att jag inte kommer.

DE VRAIS EMPLOIS POUR LA CULTURE
MUSEE EN GREVE

XVII

Nästa kväll skulle alltså Beata och jag och Diana träffas, och om då Beata skulle få förhinder, vilket hon lovat få, fick jag ha Diana för mig själv.

Möjligen smög jag efter promenaden med Beata till baren för en extra vodka. Något skrämde mig, och var det inte mina känslor för miss Diana Thompson från Georgia så var det rädsla för Slim. Han hade när jag frågade varifrån i Amerika han kom direkt sagt att han inte var nån bomullsplockare och att han hatade alla vita. Men, förstod jag senare, till undantaget hörde skandinaviska blåögda blondiner.

Långt hade vi inte gått mot våra hemtrakter, Beata och jag, förrän regnet åter började och det var ju en bra anledning att ta paus på en bar. Vi satte oss stillsamt på ett ganska ödsligt café och jag började nästan undra om ägaren möjligen var algerier. Det var dock inte troligt och ingenting turisterna borde lägga sig i, men tydligt var att baren fått dåligt rykte. Den var tom frånsett Beata och mig.

Plötsligt frågade jag Beata: Du har väl också sett den där mörke Tyrone Power tillsammans med Diana. Sök upp honom för fan om ni nu jobbar på samma sjukhus och le så där som man säger danskar ler. Det välkända danska smilet.

Det bekymret har jag redan gjort något åt, vilket du ju inte har med att göra, sa Beata. Han har ett namn men inte Tyrone. Han heter Tom Atkins och är från New York. Tom och jag är lite kära så där och han är inte så snarfager som du och Gunnar har fått för er.

Tom har fått jobb på ett nybyggt mindre sjukhus i Mexiko och även jag har sökt mig dit. Så en dag är jag försvunnen. Kanske.

Det där kanske, sa jag, lät konstigt. Om du nu är förälskad i killen så stick till Mexiko. Var lite burdust framfusig.

Som du med Diana, sa Beata.

Jag har varit för försiktig, sa jag, men så har jag heller inte haft många tillfällen att vara framfusig. Dessutom vill jag att min förälskelse i Diana långsamt ska förvandlas till kärlek. Till vänskap gränsande kärlek.

Beata bara glodde på mig.

Stick till Mexiko med din Tom, sa jag.

Kanske, sa Beata. Kanske jag bara försvinner en dag.

Tre veckor gick ungefär och vi var mitt inne i juni då patron på Hôtel Nesle talade om för mig att Beata betalat sin hotellräkning och flyttat.

Vart, frågade jag.

Det vet jag inte, sa patron. Jag frågade naturligtvis för den händelse det skulle komma post till henne, men hon sa att hon inte väntade nån post och att hon skulle resa bort.

När jag så drack min förmiddagsöl på Bar Nesle sa Federico att Beata varit inne och sagt farväl.

Var det allt, sa jag. Sa hon varför hon skulle resa.

Nej, sa Federico. Jag antog hon skulle hem till Köpenhamn.

Då ska jag avslöja för dig att hon rest till Mexiko för att gifta sig eller nåt i den stilen.

Känner jag honom, sa Federico.

Nej, sa jag. Jag känner honom inte heller, men jag har sett honom så där i all hast. Han heter Tom och ser ut som en filmstjärna.

Bara han är snäll så, sa Federico.

Några dagar efteråt träffade jag på en av de danska sjuksköterskorna och sa då: Jag hoppas det går bra för Beata nere i Mexiko.

Beata är inte i Mexiko, sa danskan, en söt liten Birthe. Hon har rest till Afrika. Nånstans i Franska Ekvatorialafrika. Hon är på en ambulerande sjukstation där just nu koleran härjar.

Inte många veckor senare sökte den söta Birthe upp mig på Bar Nesle och meddelade att Beata själv fallit offer för epidemin och var död. Den kvällen hade Bar Monaco gravöl för vår Beata som ju varit omtyckt av alla.

Så går exakt fyrtioett år och jag får mig ett paket tillsänt där jag för tillfället är och paketet innehåller en ganska färglös och klumpigt stickad tröja samt ett brev. Brevet lyder ungefär så här:

Min vän. Jag är den du kallade Beata de år då Paris var som paradiset för oss. Jag har i en bokhandel i Köpenhamn köpt en bok som jag tror du skrivit. Det gläder mig att det gått bra för dig. Jag var i Afrika och sen har jag jobbat i Hamburg och sista jobbet jag hade var på ett bakterielaboratorium i Amsterdam. Hur har det gått för dom andra. Hur mår Gunnar.

Det var ju inget långt brev men det var undertecknat med Beatas riktiga danska namn och med en adress i en liten stad på Fyn i Danmark.

Jag skrev genast ett svar och när jag gjort det ringde jag Gunnar, som hade haft en liten romans med Beata i Paris, och sa att vår gamla Beata hade återuppstått. Han tog namn och adress men var lite listigare än jag, så han ringde danska nummerbyrån och bad om hennes telefonnummer. Ingen med det namnet och den adressen hade någon telefon.

Jag fick aldrig något svar från Beata. Gunnar fick aldrig något svar på sitt brev. Janne Trägårdh som nu bodde i Köpenhamn fick av Gunnar i uppdrag att forska.

Ingen med det namn hon uppgivit fanns.

Personligen tror jag att hon nu är så pass gammal att hon sitter på ett hem och lär sig virka med av ledgångsreumatism svårt plågade fingrar. Men det är bara en gissning. Jag föredrar att minnas henne som hon var när hon planerade att rymma med Tom Atkins.

Beata och jag uppfann uttrycket De vita negrerna eller De svarta och vita negrerna innan Norman Mailer blev känd för att ha formulerat uttrycket. Dock kan han inte ta åt sig hela äran. Boris Vian hade öppnat en lokal som hette Club Saint-Germain och det var egentligen han som införde begreppet. En amerikansk pianist som hette Art Simmons och som jag lärt känna på Café Tournon hade en gång tagit mig dit. Art Simmons var nog en av Slims kunder.

Club Saint-Germain blev det ställe där det verkligen spelades jazz av numera legendariska svarta och vita musiker. Men, har någon av dem sagt, vi spelade jazz på högsta nivå där i Paris men vi kom att sakna nånting. Vi fick inget motstånd.

Jag gick sällan på Club Saint-Germain. Jag var inte tillräckligt intresserad av musik och dessutom hade det blivit besvär när jag var där med Art Simmons, om man nu vill rubricera allmänt råkurr som besvär. Vad det hela rörde sig om förblev en gåta. Jag hörde sen aldrig att det blev mera bråk på Boris Vians klubb.

Det bråk jag pratar om och oförskyllt råkade in i saknade stil.

Något gick snett och möjligt är att jag senare på Operabaren i Stockholm kunnat be Slim förklara det som hände, men det hade med all säkerhet med knark att göra. Jag förstod det inte då. Att jag påstår att råkurret alla mot alla inte hade nån stil beror mycket på att jag också råkade bevittna ett utan knytnävar praktfullt gräl på Deux Magots. De grälande var Richard Wright, James Baldwin och Chester Himes, och det var underhållning på hög nivå. Vad de grälade om var, sa man, en tiodollarsedel. Det var vad vi övriga ölande gäster påstods bevittna. Men sanningen är den att de anklagade varann för att vara spioner åt FBI, och deras vänskap blev efter denna kväll ganska så svårt naggad i kanten.

Den av de tre som blev värst anklagad för förräderi var Richard Wright, och han lämnade sitt bord på Bar Monaco för gott. Baldwin och Himes höll sig till Tournon och Old Navy.

Senare har det officiellt framkommit att alla tre hade av FBI upprättade dossierer om sina förehavanden i Paris. Jag minns nu inte den officiella listan på hur många så kallade dossierer det fanns på var och en, men jag vet att Baldwin hade över tolvhundra dossierer i sitt namn.

Den officiella anklagelsen var naturligtvis oamerikansk verksamhet. Och det bör sägas att även på Bar Monaco förekom gissningar bland amerikanerna om vem som höll ett öga på dem. Det fanns en dold rädsla som man inte kunde undgå att märka, och rädslan bidrog, tror jag, till att vi levde som vi gjorde och med det menar jag att vi älskade varann ibland till överdrift.

Det skulle tyvärr visa sig att vi hade en FBI-agent ibland oss. En kille som jag tyckte mycket om, för han var spontant trevlig och alltid lugn. Han hette Roger, hans efternamn utelämnar jag, och amerikanerna sa bara åt honom att resa. Han reste utan att någon sa adjö åt honom men innan han helt försvann kom han en morgon till mitt hotellrum och gav mig en flaska whisky och sa att han måste resa. Ungefär med orden: Du kommer att få veta varför. Försök att inte tycka illa om mig.

Jag tyckte heller aldrig illa om honom fast vi utlänningar, mest skandinaver, som umgicks så intimt med amerikanerna också blev registrerade.

Det var alltså den av oss som mest såg ut som en amerikansk universitetselev som var angivaren.

FBI:s kontroll hörde också till femtiotalets Parisbild. Det där fattade vi naturligtvis inte riktigt. Och vi gav fan i det.

Men jag förstod amerikanernas rädsla för Ivan från Leningrad och också det avstånd en del som visste att jag varit i Sovjet höll till mig. Det var ju nånting jag skröt med. Åtminstone skröt jag med att ha jobbat i arbetslag i Östeuropa.

Men före Beatas egendomliga försvinnande satt vi alltså där, Beata och jag, båda förälskade i färgade personer, och vi önskade nog att vi inte varit så satans nordiskt vita.

Hur visste du det där om Swanee River, sa Beata. Jag kanske har frågat det förut. Jag har tänkt på det. Nog finns väl Swanee River. Har inte George Gershwin skrivit Way down upon the Swanee River.

Det har han, sa jag. Det är bara det att Gershwin inte föddes förrän nära femtio år efter det Stephen Foster hittade på Swanee River. Det var bra att du påminde mig om det. Antagligen skrev hans bror Ira texten. Nu kan jag också anklaga honom för bristande kunskaper i geografi.

Jag får nog ihop en artikel, sa jag sen. När honoraret för den artikeln som jag tänker skicka till Orkesterjournalen accepteras då ska vi gå på Lipp.

Vi började gå igen och regnet upphörde för ett tag och Paris var Paris.

I kväll, sa Beata, är jag bjuden till Bal Negro, ett jazzställe i hörnan Saint-Germain och rue de Rennes. Rätt nyöppnat.

Jag hade aldrig varit där och hade ingen större önskan att gå dit. Musik av alla slag störde mig.

Dit ska inte jag gå, sa jag.

Tom Atkins har bjudit mig, sa Beata. Vi ska ses på Old Navy, vill du gå med och träffa honom.

Varför inte, sa jag.

Sidney Bechet ska spela, sa Beata.

Han är ju för fan över sextio år, sa jag. Hur ska han orka. Så jävla gamla blir vi aldrig. Tänk dig Gunnar, Bibi, Lena och dina danska sjuksystrar sextio år gamla, sa jag. Eller Chuck, Bill och vad dom nu heter lika urgamla. Kan du verkligen tänka dig det. Tänk dig Lasse Forssell sextio år eller vem som helst av oss. Tänk dig dig själv sextio år.

Beata såg ut som om hon tänkte. Men ärligt talat. Ingen av oss tänkte.

Ungdomligt övermod kallas det. Må det vara oss förlåtet.

Du har rätt, sa Beata. Jag som oftast har med gamla människor att göra har ingen lust att tänka mig mig själv som sextioåring. Som sjuksyster kan jag också gissa att det ansvarslösa liv vi lever, ansvarslöst mot vår hälsa, gör att vi är rätt chanslösa vad gäller att få uppleva det helvete det verkar vara att bli gammal. För att bli gammal bör man sköta sig som ung, sägs det. Inte dricka vad som faller en in, inte äta bara för att det faller en in och kanske inte trassla in sig i förälskelser som vi gör.

Man ska med andra ord ha tråkigt, sa jag. Och ingen av oss i kvarteret kan stava till ordet tråkigt, det fransmännen kallar s'ennuyer. Att ha tråkigt.

Långsamt promenerande nådde vi välkända hemtrakter och gick och satte oss på Old Navy.

Vi var minst en timme för tidiga för Beatas möte, men det var Tom Atkins också. Det kallas förälskelse och förväntan.

Jag hälsade på Tom, som jag ju visste var läkare, med en mening jag kunde på lysande franska: Jag har ont i min visdomstand. Jag sa det därför att jag vet att läkare hatar att höra talas om krämpor när de har ledigt och speciellt när de är förälskade.

Tom Atkins var brunare än Diana men han såg inte ut som Tyrone Power. Dock var han vacker. Och han tog min försäkran om att jag hade ont i visdomstanden för det skoj det var.

Även Tom ville att jag skulle följa med på Bal Negro, det sa han nog av artighet, men jag sa att jag hellre läste om musik än lyssnade på den. Jag sa att jag dessutom måste gå hem tidigt. Bal Negro öppnade vad jag vet inte före midnatt.

Han ska träffa Diana i morgon, sa Beata.

Tom sa inget, som om blotta tanken på mig tillsammans med Diana gjorde honom stum.

När jag skakade hand med dem och sa adjö sa Tom: Vi tycks lite till mans ha fått ont i våra visdomständer. De av oss förstås som anser oss ha några att få ont i.

XVIII

Så pass tidigt som jag lämnat Old Navy kunde jag ju inte ge mig till att gå och lägga mig på mitt hotellrum. Jag gick istället till Bar Monaco. Men innan jag kunde gå dit måste jag sätta mig vid skrivmaskinen och författa en artikel som kanske kunde intressera en tidning som Orkesterjournalen om vilka friheter textförfattare kunde ta sig, eller trodde sig få ta sig, utan att bli beslagna med lögn.

Jag hade köpt den skrivmaskin jag var så stolt att äga, och som jag utgick ifrån skulle bli min försörjning, av en ung vacker dam som hette Ann Runnquist. Hon var släkt med dåvarande redaktören för Bonniers Litterära Magasin, Åke Runnquist, som senare kom att bli min förläggare.

Att jag köpt skrivmaskinen är fel uttryck. Jag bytte den mot en teckning jag gjort av Jacques Dantons staty vid Odéon. Ann gick på Sorbonne och studerade något hon kallade industrifranska. Såvitt jag vet betyder det att man lär sig de franska orden för alla sorters maskindelar på ritningar som tillverkarna av maskiner måste ha. Hon kom att jobba på en firma som ritade maskiner åt vad man kallar Den tunga industrin.

Ann stannade i Paris och kunde tydligen göra det även under mobiliseringen som förorsakades av Suezkriget. Hon dog i Paris då hon nått över den sextioåriga ålder både Beata och jag ansåg otänkbar. Jag tror hon blev nära sjuttio år, och hon är prydligt begravd på Montparnasses kyrkogård där hon kan ligga och gräla med Sartre, vars bok Muren hon tyckte var ren smörja.

Ann och jag hade bott i rummen intill varann tre år tidigare, och henne hade jag gärna velat sova med. Hon var inte bara vacker, hon var också trevlig, men inte heller det var orsaken till min önskan. Hon bodde nämligen i ett rum med en spegel i taket ovanför sängen, en spegel stor som sängen. Det hade jag aldrig sett tidigare och inte sen heller. Det var tveklöst erotiskt fantasieggande.

Jag ägde alltså en skrivmaskin och den släpade jag alltid med mig då jag ibland lämnade Paris för olika arbetsläger. Jag var medlem i Internationella arbetslag och jag reste några månader då och då dit där man behövde mig. Det var hårt grovarbete och det var nog det som räddade mig från total undergång, för vi levde tveklöst som om vi såg fram emot undergången. Som buddisterna, som strävar mot nirvana och total befrielse från återfödelsens kretslopp.

Jag gick alltså till Bar Monaco. Möjligen satt Richard Wright vid sitt stambord inomhus, men på uteserveringen satt bara en gäst, Chuck. Det sattes fram ett kaffefat för varje öl vi drack, och faten staplades på varann och räknades när man skulle betala. Jag såg därför hur många öl Chuck hällt i sig, där han satt bakom sin stapel med fat och sov en trött gosses drömlösa sömn.

Jag beställde en öl och satte mig intill Chuck för att se till att ingen skulle väcka honom, och kyparen Gabby smög på tå till mig min öl.

Gabby älskade Chuck lika mycket som vi andra. Att han satt i en bar och sov så sent tydde på att han hade en ledig dag dan därpå. Han jobbade annars bra långt från Paris och fick ta tåget från den järnvägsstation som idag heter Musée d'Orsay. Det må vara ett vackert museum, men det var vackrare som järnvägsstation, även om stationen är självklart vackrare som museum än den fula skyskrapa som ersatte järnvägsstationen vid Montparnasse.

Jag satt och såg på den sovande Chuck och plötsligt började jag undra vem han egentligen var. Vilka vi alla var.

Vilka vi? Jag borde kanske frågat mig vem jag var, men när det gäller femtiotalets Parisgeneration är ordet vi korrekt. Jag tror att om Nikita Chrusjtjov mot slutet av det år jag skildrar inte hotat bomba Paris med sitt domedagsvapen så hade påven av Rom och herr senator Joe McCarthy tiggt honom om att göra det. Bara för att få slut på en ung generation som på ett begränsat område i Paris tycktes tro sig kunna leva lite som det föll dem in.

När jag satt och såg på Chuck anlände Våra norska bröder. De kallades så: Våra norska bröder. Och de var verkligen bröder, Hans och Peder. Båda hade gått på målarskola i Bergen och kallade sig konstnärer. De var som sagt bröder, och man kunde se att de var släkt. Men de var två helt olika personligheter.

De gick förbi Chuck och mig in i baren i fullt gräl om något inom konsten och deras grälande väckte Chuck. Innan han hunnit ropa på Gabby sa jag åt honom att jag ville visa honom något.

Drick inte mer öl, sa jag. Kom med mig.

Där det finns öl, sa han.

Nej, men utmärkt vin, sa jag. I och med det förstod jag att jag begått en dumhet. Men nu var det sagt.

Finns det vin, sa Chuck, så finns det öl.

Utan att någon av oss betalade vad vi druckit gick vi. Gabby skulle hålla reda på det och dessutom hålla våra bord.

Chuck och jag hade inte långt att gå, men tillräckligt långt för att

Chuck skulle tycka det var långt till den öl han behövde efter, som han själv sa, åtminstone tre timmars sömn.

Lugn, sa jag.

Vad jag ångrade var att jag beslutat ta med honom till den stängda vinbaren, den där Gunnar så framgångsrikt charmat Michelle. Det var ett ställe dit vi som kände till den, och vi var få, inte annars tog med nån.

Vi ska nu gå till ett ställe, sa jag till Chuck, som du sen aldrig får avslöja var det ligger. Du kommer själv att förstå varför.

Vi gick in genom inkörsporten och över gården och in bakvägen till Den stängda baren och Chuck kände den varma ljuva doften av eldad järnkamin och såg dammet, det lilla man kunde se i halvmörkret, och vi satte oss ner vid ett bord medan monsieur Anatole satt och läste dagstidningen så nära kaminen att tidningspapperet färgades brunt. Det luktade som när mina mostrar nöp med sina alltför varma locktänger i tidningspapper till dess locktången inte längre brände papperet. Dessutom hade monsieur Anatole en järnkamin som var tvillingkamin till den min morfar hade i sin skomakarverkstad.

När jag säger dammet så menar jag det sedan årtionden osopade golvet och inte damm i vanlig mening. De otorkade borden torkade nog monsieur Anatole nån jul då och då.

Utan att vi bad om det satte monsieur Anatole en flaska vitt vin på vårt bord, såg på oss och ställde dit en till samtidigt med sina vackra dricksglas.

Är det här ett ställe dit jag kan ta Diana Thompson, sa jag. Jag tog med dig bara för att jag ville fråga.

Det är det enda rätta stället, sa Chuck. Kan inte jag få ta hit en tjej om jag träffar nån jag anser värdig? Risken är liten, men den finns.

Jo, sa jag. Och berättade sen varför vinkrogen stängde och varför monsieur Anatole vägrade öppna den igen. Det skulle snart bli en ny tysk invasion hade han fått för sig.

Stilla smakade vi på det förnämliga vinet. Jag var nyfiken på Chuck, och nu då vi nämnt tyskarnas intåg i Paris ville jag förhöra mig om en sak. Jag visste att Chuck varit menig soldat i djungelkriget mot japanerna och bland annat varit med om landstigningen på Guadalcanal och hedrats med den förnämliga utmärkelsen Purpurhjärtat som endast tilldelades verkliga hjältar. Den amerikanske hospitant som gick på Konstakademien samtidigt med mig hade också varit med om denna landstigning och återerövring som var ett enormt blodigt slag. Så helt obekant med den djungelmiljö kriget utspelades i var jag inte. Det var ingen annan som gick på bio heller, alla våra cowboyhjältar hade varit med i de otaliga filmer som Hollywood skötte den amerikanska krigspropagandan med.

Guadalcanal ligger i Stilla havet och tillhörde det brittiska protektorat som även inbegrep Salomonöarna. Men inte i någon film fanns några brittiska soldater med i denna den första segern i Stilla havet. Det är inte konstigt att britterna var förbannade på den hollywoodska uppfattningen om dem, och den förbannelsen kom att drabba även filmen Slaget om Burma, enligt vilken Errol Flynn och några amerikanska soldater ensamma befriade Burma där i verkligheten britterna förlorade så många av sina soldater och inga amerikanska trupper mig veterligen deltog.

Japanerna erövrade Guadalcanal fyrtiotvå och det tog ett år för de allierade att återta den. Vid landstigningen och det slag som följde var Chuck arton år. Min amerikanske kamrat på Konstakademien var åtminstone tjugofyra och alltså vuxen i jämförelse med

Chuck, om nu artonåringar inte är vuxna just i krig.

Som jag träffat tillräckligt med både ryska och brittiska och amerikanska soldater, alla veteraner i andra världskriget, visste jag att de nästan aldrig ville tala om det och att man inte borde fråga någonting om det. Ändå sa jag till Chuck: Det påstås att du fått Purpurhjärtat för tapperhet.

Påståendet resulterade i ett skratt som till och med fick den lomhörde monsieur Anatole att reagera.

Och Chuck berättade följande:

Den amerikanska trupp han tillhörde hade landstigit på en sandstrand och gått i ställning. Allt från ammunitionslådor, lådor med handgranater och diverse annat hade de burit i land. Chuck och en kompis hade i allt detta bärande lyckats få med sig en låda whisky som de grävt ner för att gräva upp vid lämpligt tillfälle.

När de gått i ställning anföll japanerna helt överraskande och amerikanerna tvingades retirera några hundra meter. All materiel tvingades de lämna.

Chuck och hans kompis sa då till varann att vad som än hände så skulle japanerna förbanne dem inte hitta deras whisky så de tog en rövarchans och började på ett givet tecken springa mot japanerna.

Japanerna blev så överraskade av detta snabba motanfall att de inte ens hann gå i skyddsställning. Samtidigt tog de amerikanska soldaterna Chucks och kamratens språngmarsch som en order om motanfall och följde efter, och japanerna drog sig hastigt tillbaka. Så amerikanerna fick tillbaka sina ammunitionslådor och Chuck och hans kompis fick med sig whiskylådan.

Detta hjältemodiga initiativ från de två meniga att snarast möjligt gå till motanfall utan vidare överläggningar med befäl och stab gjorde att de tilldelades Purpurhjärtat. Utdelningen gick senare av stapeln under de militäraste av former med trumpetfanfarer och tal.

Vidare berättade Chuck att krigets vansinne var större än jag eller nån annan anade. Han hade legat nedgrävd i en grop och i rök och damm och larm och halvmörker skjutit på allt han tyckte sig se, medan det vid sidan av honom låg en soldat som skötte laddningen av kulsprutan. När det sen ljusnade och krigslarmet tystnade visade det sig att den som laddat åt honom halva natten var en japan. Chuck hade tyvärr tvingats klippa till japanen och ta honom till fånga. Japanen blev inte värre sårad än man blir av att slås medvetslös, och Chuck sa att killen knappt var sexton år och att han ångrade att han tvingats klippa till honom med vad han fick tag i, men annars hade japanen som fått fram en bajonett stuckit ner honom.

Chuck hade sen lyckan, som han sa, att bli sårad: han fick granatsplitter i låren och låg ett tag på sjukhus och skickades hem ungefär ett år innan kriget tog slut.

Chuck tystnade och sa: Det är hit du ska ta Diana. Och om jag nu råkar vara förälskad, får jag då verkligen ta hit min tjej?

Självklart, sa jag. Men bara du. Jag anser vi bör hålla denna stängda bar lite hemlig.

Har du träffat en tjej som intresserar dig, sa jag sen.

Han tänkte.

Jag tror det, sa han. Det är bara det att hon inte vet om det. Och det gör inte du heller. Och det är nog bäst för dig. Så mycket kan jag avslöja som att det är en av spanjorernas tjejer och dom tokiga jävlarna är ju livsfarliga.

Vad förde dig till Paris, sa jag. Det var en fråga vi annars aldrig ställde till varann. Det ansågs ofint närgånget.

Jag ville bli journalist, sa Chuck. Och jag fick också anställning på Chicago Tribune. Det första jobbet jag fick var som kriminalreporter. Ambitiös som jag var tog jag mig en kväll till slumkvarteren och i en gränd såg jag en kvinna i färd med att hora. Hennes lille pojke hade tydligen spanat på henne och förföljt henne. Han kunde väl vara en åtta år. Pojken och jag anlände ungefär samtidigt och bevittnade en öm scen och pojken gick direkt fram och sköt horan, sin morsa. Jag skrev en artikel, men eftersom de inblandade var slumnegrer tyckte tidningen att artikeln saknade allt intresse.

Dagen efter gick jag direkt in på en resebyrå. Jag ville bort. Vart spelade ingen roll. På resebyrån fanns en bild på Eiffeltornet och den pekade jag på. Dit, sa jag, när man frågade vart jag ville åka.

Så jag blev inte den store kriminalreporter jag önskat bli. Här jobbar jag nu som du vet. Jag jobbar åt armén kan man säga. Jag betalar ut löner.

Du tror inte du kan avstå från spanjorskan, sa jag. Om du menar att hon är en av dom som håller till i baren intill Monaco. Dom är basker och förbannade på allt och alla. Jag vill inte se dig dö. Varenda dansk sjuksyster älskar dig. Och dom svenska och dom norska och dom finska flickorna gör det. Till och med den där två meter långa isländskan tror jag älskar dig. Släpp tanken på spanjorskan och ta för fan inte hit henne. Inte till detta hemliga osopade varma tillhåll.

Från den stängda baren gick vi till Bar Monaco och betalade och Chuck fortsatte med att beställa öl.

Jag gick hem.

XIX

Jag vaknade tidigt nästa morgon och såg med hjärtklappning fram emot att träffa Diana Thompson. Jag blev lycklig av att tänka på henne med både för- och efternamn.

Jag hade blivit väckt lite för tidigt. Det visade sig att städgumman denna morgon fått stränga order av ödet att se till att jag var uppe och klädd i god tid. Hon hade bankat på min dörr ungefär vid tolvtiden utan att jag vaknade. Hon hade då hällt ut sitt skurvatten i toaletten, som var en sån där toalett med bara en porslinsplatta med ett hål i. Såna toaletter hade de flesta småhotellen och också nästan alla kvarterets barer och caféer.

En sån toalett är hygienisk men inte bekväm. Och jag hade hört Bibi och Lena en dag utanför Monaco gräla om bästa sättet för en dam att använda såna toaletter på, som om de hade ett val. I vilket fall påstod Bibi att man skulle sitta med ansiktet mot dörren, medan Lena hävdade att man skulle sitta med ryggen mot dörren.

Denna tvist höll på att övergå i rent gräl. Det visade sig att både Lena och Bibi hade tillgång till en riktig toalettstol. På vilket hotell Bibi bodde visste jag inte. Inte var Lena bodde heller. Frågan blev aldrig aktuell, för om vi hade gripits av plötslig trånad till varandras nakna skinn hade jag bott närmast till.

Medan jag åhörde grälandet om hur en dam bäst använder det en del kallade arabmuggar bjöd jag på öl, och så många att de snart måste gå på toaletten. Båda var naturligtvis bekanta med arabmuggarna redan förut men hade då ännu inte riktigt prövat.

Lena med sin teori att man skulle sitta med ryggen mot dörren gick och kom tillbaka. Sen gick Bibi. Hon kom tillbaka och tittade på Lena och sa stilla: Du hade rätt.

Bibi gick hem för att byta vad hon nu skulle byta, och även Lena fick gå hem och byta. Om man när man spolade stod kvar på eller stod för nära de två plattor i golvet som visade var fötterna borde placeras, kunde det gå illa. Det rätta var att dra i spolkedjan och så hoppa ut. Det var inte alltid så, men nån dag i veckan brukade muggen spola över alla bräddar. Franskt rörmokeri är mycket gåtfullt.

Både Lena och Bibi tvingades också byta skor.

Nå. Morgonen hade kommit då jag skulle möta Diana på pannkaksstället och jag skulle vara där så tidigt som sex. Då skulle Diana och jag äntligen ensamma och öga mot öga och hand i hand börja den kärlekshistoria som ovidkommande tillfälligheter skjutit upp. Vilket bara ökat styrkan i den åtrå vi var förvissade om att vi hyste för varann.

Sedan städgumman tömt sin hink hade hon ställt sig utanför min dörr och med sin tunga nyckelknippa bankat på den tomma hinken till dess jag vaknade och kravlade mig ur sängen och öppnade.

Vad fan har hänt, sa jag.

Upp och ut, sa hon bara. Jag vill hem. Klockan är tolv.

Den rara och ständigt leende lilla städgumman hade använt samma trick förr men då hade klockan brukat närma sig tre, och även denna sena timme på dagen hade ibland förefallit för tidig.

Alltså upp och ut! Till Bar Nesle för en öl!

Det kan tyckas fånigt att slösa bort dagen med sömn så länge en vårdag i Paris. Det var mycket mer spännande att gå genom staden och se Paris vakna än att se den gå till sängs, om staden nu någonsin gick till sängs. Men folk som skulle upp och arbeta måste ju sova, och det som kallades fransmännens tillhåll stängde vid midnatt.

Federico tittade på mig och ställde fram ett glas öl och en vodka som jag hällde i mig, varpå jag fick en ny öl samt en lapp Beata skrivit.

Där stod: Klockan två ska du vara på Gaudeamus. Diana helledig.

Samtidigt som jag tackade alla högre makter plus ödet att städtanten väckt mig räknade jag ut att jag nu hade en timme och tio minuter på mig att se ut som en älskare som skulle gå sin älskade till mötes.

Städerskan hade också gett mig ett brev som jag bara stoppat i fickan men det läste jag nu. Brevet var från konstnären Lage Lindell och innehöll en hundralapp och orden: Här har du. Lage.

Lage Lindell var annars känd för att vara försiktig med pengar, medan hans bror Börje, då kulturchef på Sveriges Radio, ibland kunde skicka några tior. Deras äldre bror Mats skickade också han pengar. Men knappast en hundralapp. Mats var arkitekt och de tre bröderna hade fått för sig att satsa på mig och det när jag minst anade det. Nog hade jag bett många jag skrev till att lägga en tia i kuvertet när de besvarade mitt brev, men jag hade aldrig bett någon av bröderna Lindell göra det. Och om jag hade gjort det hade jag vänt mig till Börje, vi kände varann bäst då jag ofta läste i radion. Jag hade bland annat varit med i ett morgonprogram som jag nu glömt vad det hette. Det gick en gång i veckan och vi som var ständiga och enda medverkande var Alice Babs, Alf Henrikson och jag. Så Börje hade jag kontakt med och även Mats, vi hade jobbat på samma arkitektkontor. Lage, som slutade samma år jag började hos X:et, lärde jag känna i Sergelhuset där vi brukade spela kille.

Jag hade alltså hundra svenska kronor och en timme på mig att bli vacker.

Du är rätt chanslös, sa Federico. Jag ska hämta en liten vodka till och så ett stort glas vatten. Kaffe är meningslöst. Det är Diana du ska träffa, och om César Vallejo haft samma ärende hade han sagt: Ursäkta mina trötta ögon, men jag har alltsedan Bar Nesle släpat föraningens vagn efter mig.

Vad menade han med det, sa jag.

Att föraningens vagn helt enkelt är tung. I hans fall tyngd av tanken på att allt till slut går åt helvete. Vilket det gör. Vilket inte hör hit. Vad som hör hit är att du som skrivit en bok och kallar dig författare har en föraning och drar föraningens vagn. Det gör författare och poeter. Vilka andra skulle orka dra en vagn lastad med föraningar.

Du ser ut som en blåögd poet utan framgång. Förlåt! Framtand!

Sakta gick jag till närmaste bank och växlade in hundralappen. Sakta, för sopstrejken var ännu inte över och trottoarerna oframkomliga och det gällde att se upp, för trafiken var svår. Dock icke jämförbar med dagens.

Jag gick, skulle jag vilja påstå, med den grekiske poeten Konstantin Kavafis ord och uppmaning: Gå som en länge förberedd, en modig man, såsom det anstår dig som förunnats en sådan stad.

Så börjar hans dikt Guden överger Antonius. Och om jag nu drog föraningens vagn efter mig borde jag kanske tänkt på sista raden i den dikten: Och tag farväl av det Alexandria du förlorar.

På Gaudeamus satt ingen Diana. Den enda person som satt där och såg ensam ut var den förnämlige australiske illustratören Marshall. Han hade också ett förnamn men kallades alltid Marshall. Det var en fin man och han tecknade och illustrerade texter i en stil som påminde om en Adolf Hallman som försöker leka Albrecht Dürer.

En gäst till satt där. En ung man jag inte kände eller kände igen. När jag satte mig ner mitt emot Marshall såg jag att det enda den andre gästen hade på sitt bord var ett stort glas rödvin och en tredubbel vodka.

Var har du varit dom senaste veckorna, sa jag. Har du varit bortrest.

Jag fick ett stort jobb, sa Marshall. Ett illustrationsjobb som skulle ge pengar för en gångs skull om jag skötte mig. Och ska man göra ett bra jobb ska man inte bo här i kvarteret. Jag flyttade över på högra stranden och tog in på ett litet hotell där. Sen har jag i lugn och ro arbetat. Jag har kunnat gå ut lite på kvällarna utan att riskera att stöta på någon som lurat ut mig på nåt nattligt äventyr. Går man ut här i kvarteret kommer man ju aldrig i säng och inte blir man i form att utföra allvarliga jobb. Det jobb jag skulle göra krävde koncentration och ensamhet.

Och nu är du tillbaka, sa jag.

Ja, sa han.

Eftersom det var genom Mary jag lärt känna Marshall sa jag: Mary har stuckit.

Jag vet det, sa han. Det är ingenting jag lägger mig i. Jag har gjort mitt jobb och jag har fått bra betalt. Jag har till och med löst ut bilen. Du vet den där bilen jag har snackat om och som det verkar som om ingen tror att jag verkligen äger. Nu jävlar ska det här kvarteret få se på vad man kallar en bil. Jag har en grön engelsk sportbil.

Som bilar inte är något som någonsin intresserat mig kommenterade jag inte det där med bilen. Marshall hade nämnt bilmärket men det sa mig ingenting.

Klockan är över två, sa jag. Jag skulle träffa en tjej här klockan två.

Jag med, sa Marshall. Men jag har just hört att tågen står stilla. Det har hänt något i metron. Dom vi ska träffa sitter kanske fast nånstans. Du ska förresten träffa Diana Thompson, det sa Beata. Hon gick för en timme sen.

Medan jag funderar på vad jag ska säga tittar jag på ynglingen som suttit och glott på sitt vinglas och sin vodka och nu, ungefär som om han äntligen fattat mod, häller han i sig vodkan i ett svep. Sen andas han i glaset för att kunna skaka ur en möjlig vodkadroppe till och häller droppen i vinglaset som han sen sveper.

Så gör bara en svensk och jag log. Möjligen mot honom, och han la märke till mitt igenkännande leende.

Gaudeamus hade matsedlar skrivna med anilinpenna, med nästan oläsbar handstil. Matsedlarna var något olika för varje dag men en text var sig lik och det var upplysningen om att krogen var stängd måndagar.

Det stod alltså: Fermé le lundi. Stängt på måndagar.

Den unge mannen som så snabbt men efter långt övervägande druckit ur sitt glas tycks ha suttit och grubblat på denna mening. Han reser sig och går direkt fram till mig och säger på svenska: Hörru du! Vad är lundi för en jävla dag?

Måndag, säger jag.

Och ynglingen går nöjd sin väg. Nu borde jag ha vetat vem denne yngling var för det visade sig senare ha varit Björn Mellström, en av våra då bästa bordtennisspelare, svensk mästare och ankare i den bordtennislandskamp som skulle äga rum i Paris. Jag hade sett honom som hastigast med Gunnar, som var barndomsvän med honom och skulle se matcherna. Trettiofem år senare åkte jag en dag tunnelbana i Stockholm och kom att sitta mitt emot honom, självklart utan att känna igen honom. Men han kände igen mig och sa: Kommer du ihåg när vi träffades i Paris.

Marshall undrade vad killen frågat och jag sa bara som det var.

Jag ska träffa Diana, sa jag. Och jag tänker sitta här till dess man ordnat metron för jag antar att det är där hon sitter fast. Vem väntar du på.

Han hann aldrig svara för nu inträdde Diana på krogen men till min besvikelse var hon inte ensam, hon hade en kvinnlig kompis med sig.

Diana kysste mig på kinden men hon kysste också Marshall på kinden så jag hade inget att vara mallig över. Sen satte hon sig.

Diana sa: Det var krångel i metron så ursäkta förseningen. Det här är min kompis Madeleine.

Madeleine var fransyska och rätt vacker och i Dianas ålder. Hon satte sig inte ner. Diana förklarade att de händelsevis träffats för några minuter sen och att Madeleine skulle till ett annat möte men att hon tvingat henne att komma med och hälsa på mig som hon trodde väntade. Madeleine kunde bekräfta att det varit krångel i metron och att Diana därför hade giltigt skäl att vara försenad.

Madeleine var rätt vacker jämförd med Diana. Annars var hon helt och hållet vacker. Men jag tyckte inte om hennes ögon. Det var nånting hos henne som sa mig att hon inte var Dianas kompis.

Madeleine sa på samma gång god dag och adjö och gick.

Marshall sa det först: Den där tjejen kan du inte lita på vad du än tror, Diana. Jag känner väl fransyskor och deras sämsta sidor. Och till deras sämsta sidor hör att de är fransyskor. Dom har ett gott rykte om sig att vara bra på att älska och dom har inbillats att ett gott rykte räcker. Men man kan lika gärna ta med sig ett sofflock i sängen som en fransyska som känner sig fransk. Och det gör den där Madeleine.

Vi beställde en flaska rödvin. Marshall hade ätit. Diana hade också ätit och jag var inte hungrig. Eftersom Diana inte försvarade Madeleine var hon inte kompis med henne.

Jag har löst ut min bil, sa Marshall. Kan vi inte ses lite senare och åka en sväng. Jag väntar på Lena. Jag tänkte bjuda på sen middag på ett värdshus jag läst om. Ute på landet. Nån mil härifrån.

Jag tittade på Diana som nickade.

Okey, sa jag. När?

Vid åttatiden på Monaco, sa han.

Diana och jag gick ner mot Bar Nesle och torsdagen är mitt vittne på att jag inte hade andra baktankar än att lära känna Diana bättre än jag gjorde.

Vid Bar Nesle sa jag spontant: Vill du se mitt hotellrum. Det ville hon.

Vi stod i dörröppningen till mitt rum och Diana sa: Du äger ju ingenting.

Det var nu jag borde ha kysst henne och jag tror hon väntade sig det. I stället sa jag: Vi går tillbaka ner till Bar Nesle och får oss nåt att dricka.

Sen serverade Federico oss var sitt glas av sin förnämsta calvados. Han såg nog på mig att jag behövde nåt som gjorde mig mindre rädd.

När vi druckit ur sa Diana: Vi går upp till dig igen. Vi behöver vila.

Och hand i hand gick vi tillbaka till hotellrummet.

Jag äger i alla fall nånting, sa jag och visade min skrivmaskin.

Jag tänker bli en berömd författare. Jag ska skaffa mig en framtand i lika ädelt guld som den jävla Slim har.

Sen fumlade vi av varandra kläderna och gick i säng och jag visste att jag vunnit hennes hjärta och hennes själ när plötsligt hennes djupa Georgiadialekt gick upp halvt i falsett: Det är sant! Atlanta brinner!

XX

Om Diana och jag somnade eller ens försökte sova är tveksamt. Jag klädde på mig och satt och rökte förmodligen längtande efter en kall öl.

Diana klev ur sängen sakta och, då hon såg att jag iakttog henne, med flit sakta. Sen ställde hon sig naken framför mig. Jag skulle se hur vacker hon var.

Har man som jag målat och tecknat nakenmodell på Konstakademien i fem år så är en naken kvinna en modell som man iakttar, vilken färg hon än har, och det är en påminnelse om konstnärligt slit. Ingenting annat. Det var först när Diana var halvklädd som jag såg hennes skönhet. Och då hon stod färdigklädd i sin åtsittande bruna klänning visste jag varför jag var galen i henne.

Jag började spontant sjunga en kort visa jag lärt mig av tecknaren Bertil Bull Hedlund.

Mig vara född uti Afrika, min farsa där vara kung.
En elefant, en krokodil och en apa, leksak mig vara ung.
Min syster vara vit, vara spräcklig, vara dotter till en missionär.
Förr visades hon för pengar, men nu vete fan var hon är.

Diana frågade vad jag sjöng och jag sa att det var en visa jag skulle sjunga våra barn till sömns med.

Våra barn, sa Diana road. Road mest för att barn betydde en

framtid och det var ju den vi alla i kvarteret undvek att nämna. Vi levde nu. Inte sen.

Jag sa nu att vi borde gå ner och betala den calvados vi var skyldiga Federico. Jag hade kredit men det var något man måste sköta.

Federico ville inte ha betalt. Calvadosen av den förnämliga bruna sorten var hans egen. Diana drack en kopp kaffe. Jag en öl.

Med var sin strut pommes frites i handen vandrade vi sen mot Odéon. Som vi hade många timmar på oss innan vi skulle vara på Monaco för en bilutflykt med Lena och Marshall gick vi ända till Café Flore och där drack Diana kaffe igen. Jag öl.

När jag lämnade Bar Nesle hade jag sagt till Federico: Vi kommer tillbaka i kväll.

Nu sa Diana: Du får gå ensam till Nesle i kväll. Du får också gå till Monaco ensam. Tidigt i morgon ska jag och mina kolleger och några av våra läkare resa till Lyon. Vi ska gå på kurs för att sätta oss in i de nya medicinerna.

Sen reste hon sig hastigt. Jag älskar dig, sa hon. Glöm mig inte. Du får brev.

Jag höll hårt i hennes hand och frågade: Hur länge är du borta.

Fjorton dagar så där. Tre veckor högst. Du får brev.

Sen gick hon bara och som vi inte betalat kunde jag inte springa efter henne. Om hon bara gett mig en minut till. Jag hade velat säga som hon: Jag älskar dig och glöm mig för fan inte.

Jag satt kvar en bra stund och iakttog folk som kom och som gick eller bara passerade. Det är ett utmärkt nöje i Paris.

Jag var Paris, den vackre trojanske prinsen som utsett Afrodite till skönhetsdrottning och som belöning fått tillstånd att röva bort Helena.

Kunde han inte nöjt sig med Afrodite. Nu blev det ju bara bråk och starten på det Trojanska kriget.

Jag borde frågat mig själv: Kunde du inte nöjt dig med Afrodite. Det är faktiskt en fråga som förföljt mig sen dess.

Jag såg aldrig Diana mer. Gud borde varit på lite bättre humör.

Från Flore gick jag till Monaco och grubblade på Kavafis som lät Guden överge Antonius – sörj inte din lycka som sviker dig nu, mödorna som var förgäves, planerna som alla gick om intet – sörj dem ej.

Jag drog verkligen föraningens vagn efter mig eller sköt den rättare sagt framför mig.

Utanför Monaco satt redan Lena och Marshall och pratade med en nordamerikansk flicka som hette Jeanette. Hon var vacker som vi alla och när jag satt mig vid deras bord och förklarat att Diana fått brådskande förhinder sa Lena på svenska: Vi åker ingenstans med Marshall. Han har hällt i sig för många öl.

Jag hade haft ett dygnslångt förhållande med Jeanette och hon tyckte om mig. Hon berättade att hon tröttnat på Paris och hyrt ett hus långt från kvarteret. Det låg nånstans vid Villiers-sur-Marne. Det lät långt bort och varken Marshall, Lena eller jag anade var.

Jeanette visste att jag inte var kvarterets rikaste kille så hon sa: Du kan få bo där gratis.

Jag var skyldig henne åtta dollar som jag lovat betala tillbaka så jag tackade för erbjudandet och tänkte inte vidare på saken.

Till och med Marshall som nu bjöd på var sin Pernod förstod att han var olämplig som bilförare denna kväll, men som han lovat bjuda på middag föreslog han Gaudeamus. Det var så långt från ett värdshus man nog kunde komma.

Jag föreslog en serbisk restaurang alldeles intill Gaudeamus. Den kunde vi ju pröva. Vi enades alla fyra om att gå dit och vi gick dit. Restaurangen var större än Gaudeamus men nästan lika billig och nära nog fullsatt. Vi fick ett bord och hann beställa. Sen hann vi inte mer förrän ett plötsligt slagsmål utbröt. Ena halvan av restauranggästerna mot den andra halvan och vi gick därifrån. Eller tvingades gå. Jag hann fråga den serbiske kyparen vad det var frågan om och han sa att det var ett internt bråk mellan serber och kroater. Som jag varit ganska mycket på Balkan förstod jag.

Vi gick på Gaudeamus där jag försökte förklara varför serber i exil och kroater i exil inte direkt älskade varann om de ens gjorde det på hemmaplan. Det var nu ingen egentligen intresserad av att höra, men det hade gjort mig nedstämd.

Men vi hade ändå en trevlig kväll och vi åt kattburgare och drack Husets satans rödvin. Sen gick vi alla på Bar Nesle och tog oss något att sova på.

Jag gick först därifrån. Innan jag gick sa Jeanette: Du vet att du kan få bo gratis hos mig i mitt hus.

Jag ska tänka på saken, sa jag.

Jag fick ett brev från Diana några dagar senare där hon skrev att hon inte riktigt visste när kursen skulle sluta, men jag kunde vänta mig ett nytt brev.

Och jag väntade.

En småregnig och lite ledsam vecka följde. Vi började skingras.

Lasse Forssell jobbade.

Bibi och Lena stack på semester till Spanien.

Janne Trägårdh hade åkt hem. Svenolle hade rest till London för att trycka en mapp med fem bilder som alla skildrade Hallarna. Jag kan nu bli gråtfärdig bara jag ser någon av de förnämliga litografierna. Eller mer korrekt linoleumsnitten. Det må vara sak samma.

Gunnar hade fått brev från sin far som krävde att han kom hem och hjälpte till på gjuteriet. Den dagen han skulle resa gick vi den barrunda vi kunde gått i sömnen och tog verkligen farväl av det Alexandria som nu skulle försvinna för honom.

Marshall, som hade en grön tvåsitsig MG, körde honom till Gare du Nord, den järnvägsstation varifrån norrgående tåg avgick. Och han placerade en i det närmaste medvetslös Gunnar i en kupé men lade klokt nog en flaska calvados på hans bröst så att han inte skulle dö av törst i höjd med Hamburg.

Jag fick ett brev från Diana. Hon var tillbaka i Paris och jag skulle möta henne klockan åtta nästa kväll. Hon hade konstigt nog valt pannkakshaket till mötesplats. Och hela den dagen vandrade jag omkring i Paris och försökte undvika alltför många ölpauser.

Jag infann mig i mycket god tid, det kan man nog säga, på pannkakshaket.

Klockan blev åtta men ingen Diana såg jag till. Jag väntade. Jag kunde vänta. Man ska vara bra otålig om man inte med en öl framför sig och i doften från nygräddade pannkakor kan vänta.

Vid niotiden infann sig inte Diana, men väl hennes kompis som jag presenterats för på Gaudeamus, fransyskan Madeleine.

Hon meddelade att Diana skickat henne för att beklaga att hon tvingats arbeta även denna kväll då vi stämt möte.

Madeleine var i halvmörkret inne på pannkakshaket självklart vacker och hon talade så vackert på perfekt engelska om Diana. Om hur de första gången träffats.

Madeleine ville inte dricka öl. Hon beställde en flaska rödvin och där satt vi sen och pratade om sånt man pratar om när man pratar om något som egentligen inte intresserar en.

Som tur var kom också den danska sjuksystern Birthe och slog sig ner vid vårt bord och mer rödvin beställdes.

Nu krockar något, ödet har slagit vad med sig självt att denna kväll driva med mig.

Madeleine kom att tala om sin kärlek till den läkare som skulle liknat Tyrone Power brunsminkad och som hade en liten mustasch, och det var samma kille som Birthe tydligen precis som Beata förälskat sig i.

Stämningen dämpades en aning kan man säga.

Jag citerade Pär Rådström: Vi bär alla en liten mustasch inom oss.

Birthe betraktade sin rival. Möjligen kände hon sig chanslös mot Madeleine, men det var när allt kom omkring Madeleine som förlorade om det ordet passar även korta stunder av himmelsk lycka. Och det gör det väl.

Birthe beställde en flaska vin till som hon genast betalade. Jag fick betala den Madeleine beställt.

Birthe började småreta Madeleine och övergick till att tala franska och Madeleine svarade självklart på franska, och de båda startade ett lågmält gräl jag inte kunde följa med i.

Det passade mig bra.

Vad de nu än grälade om eller vad de än var oense om så verkade det som om Birthe förlorade. De grälade inte i egentlig mening, de munhöggs.

Birthe gick.

Akta dig för den där, sa hon på danska innan hon gick. Jag går till Monaco.

Det visar sig nu att Madeleine bor långt borta vid porte d'Orléans och anser det farligt att åka metro så här sent. Hon ber mig om taxipengar.

Jag har inga taxipengar att ge dig, säger jag. Vad kan det vara för farligt i att åka metro. Du åker ju direkt från Odéon. Du behöver inte byta.

Efter att ha åhört ett längre föredrag om vilka farligheter som kan möta en vacker fransk kvinna en sen kväll på en metrostation, vilket antagligen var sant, säger jag: Du får sova hos mig.

Utan att tveka en halv sekund svarar hon att det är ett utmärkt förslag och att om inte jag föreslagit det hade hon gjort det.

På vägen mot Hôtel Nesle tänkte jag inte ett ögonblick på att jag höll på att göra något dumt, det hade en vanlig kväll i detta inom alla områden fria kvarter inte varit något att grubbla över. Man tog kvällen som den kom.

Inte heller när vi kröp i säng med varann förstod jag vad jag gjorde. Men jag förstod det dagen efter. Madeleine vaknade tidigt och skulle till ett jobb nånstans och jag fortsatte att sova.

Först när jag drack min morgonöl hos Federico insåg jag vad jag gjort. Men innan jag förstod att jag grymt svikit Diana skyllde jag hela händelsen på Madeleine. Hon hade svikit Diana. Inte jag naturligtvis.

Men som jag var övertygad om att Madeleine skulle berätta allt för Diana insåg jag att Diana inte skulle vilja se mig mer.

Jag gick på Bar Monaco och satte mig i solljuset och åter tänkte jag på Kavafis ord: Framför allt, lura inte dig själv, säg inte att det var en dröm, en hörselvilla, förnedra dig inte med fåfänga förhoppningar.

Jag tänkte sitta där jag satt och försöka sörja den lycka jag själv så illa sårat.

Jeanette kom och vi två satt sen tillsammans och jag drack som vanligt öl. Jeanette kaffe.

Jag följer med, sa jag. När reser vi.

Vart, sa Jeanette.

Till det där huset där jag får bo gratis, sa jag. Du har ju erbjudit mig det.

Jag trodde inte du hörde på, sa Jeanette. Nu när jag vet att jag får sällskap åker vi så fort vi kan. I morgon eller i övermorgon.

Hur kommer man dit, sa jag.

Med buss och tåg, sa hon.

I övermorgon senast, sa jag. Jag går och betalar mitt hotell. Du ska en dag få tillbaka de dollar jag är skyldig dig. Jag har inget bagage. Dock har jag en skrivmaskin.

Jag bodde sen i ett litet hus i Villiers-sur-Marne intill dess att Paris mordhotades av Chrusjtjovs atombomb.

Vem heter förresten inte César Vallejo eller nåt annat och har bott i Paris och tvingats lära sig tänka samma tanke hela den tid det tar för en enda nolla att förbli värdelös.

Det tar en jävla tid.